일본문학 총서 2

에도가와 란포(江戸川乱歩)
단편 추리소설 1

에도가와 란포(江戸川乱歩) 단편 추리소설 1

에도가와 란포江戸川乱歩 지음

이성규·오현영 옮김

도서출판 시간의물레

에도가와 란포(江戸川乱歩)
단편 추리소설 1

에도가와 란포江戸川乱歩 지음

이성규·오현영 옮김

도서출판 시간의물레

차 례

▣ 저자 소개

에도가와 란포(江戸川乱歩)[1894년(明治 27년) 10월 21일 – 1965년(昭和 40년) 7월 28일]는 일본의 추리소설가, 괴기·공포소설가, 편집자인데, 본명은 히라이 다로(平井太郎)이다. 1894년 10월 21일, 미에(三重)현(県) 나바리(名張)시(市)에서 히라이 도키쿠(平井繁男)의 장남으로 출생하고, 2세 때, 아버지의 전근으로, 스즈카군(鈴鹿郡) 가메야마초(亀山町), 다음 해, 아이치(愛知)현(県) 나고야(名古屋)시로 옮긴다. 이후 어른이 되어서도 이사를 반복해서, 평생 46회 이사했다.

초등학교 때 어머니가 들려준 기쿠치 유호(菊池幽芳) 역(訳) 『비중지비(秘中の秘)』(윌리엄 르 큐 원작)가 탐정소설을 접한 최초의 경험이었다. 중학교에서는, 오시카와 슌로(押川春浪)나 구로이와 루이코(黒岩涙香)의 소설을 탐독했다. 구제(旧制) 아이치(愛知)현립(県立) 제5중학교를 졸업한 후, 와세다(早稲田)대학 정경학부에 입학한다. 중학생 때 구로이와 루이코(黒岩涙香)의 『유령탑』 등의 작품에 열중한 이후, 구미의 미스터리 작품을 탐독하고, 펜네임은 그가 경도된 에드거 앨런 포(Edgar Allan Poe)에서 유래된다. 대학 재학 중에 걸작 처녀작 『화승총(火繩銃)』을 집필하여, 하쿠분칸(博文館)의 잡지 『모험세계(冒險世界)』에 투고하지만, 게재는 되지 않았다.

대학 졸업 후는, 무역상 사원, 도바(鳥羽)조선소 전기부에 취직한다. 서무과로 배속되었는데, 기사장의 마음에 들어, 사내 잡지 『니치와(日和)』의 편집과 아이들에게 옛날이야기를 들려주는 모임을 여는 등, 지역 교류의 일을 맡게 된다. 이 회사는 1년 4개월 만에 퇴직하는데, 이 시기의 경험이 『지붕 밑의 산책자(屋根裏の散歩者)』(1926년), 『파노라마섬기담(パノラマ島奇談)』(≪신청년(新青年)≫에 1926년에서 1927년에 걸쳐 연재되었다)의 참고가 되었다고 한다. 그리고 헌책 장사, 도쿄시 직원, 포장마차의 중국 메밀 가게 등 각종 직업을 전전한다.

1923년에, 모리시타 우손(森下雨村)과 고사카이 후보쿠(小酒井不木)의 격찬을 받아, 『니센도카(二錢銅貨)』가 『신청년(新青年)』 4월호에 연재됨으로써 작가로 데뷔한다. 본격적인 암호 해독을 트릭으로 삼은 본 작품은, 일본에 근대적인 추리소설을 확립한 기념비적인 작품으로 평가받는다.

　데뷔작인 『니센도카(二錢銅貨)』 이후는, 어디까지나 겸업의 취미라는 범주로서 산발적으로 단편소설을 집필하는데에 머물렀다. 1925년, 모리시타(森下)의 기획으로 『신청년(新青年)』에 6개월 연속 단편을 게재함에 따라, 두 번째 작품인 『심리시험(心理試驗)』이 호평을 받고 이것을 계기로 단호한 결심을 하게 되었다고 서술하고 있다. 이것으로 회사를 그만두고 소설가 하나만으로 살아가는데, 탐정소설가로서는 일찍 침체 상태에 빠져, 연속 게재 여섯 번째 작품에 해당하는 『유령(幽靈)』(1925년 5월)은 스스로 형편없는 작품이라고 평하고, 소설가가 된 것을 후회했다고 한다. 그러나 모리시타(森下)의 소개로 『사진(写真)호치(報知)』나 『구라쿠(苦樂)』에도 게재하게 되어, 탐정소설 전문지인 『신청년(新青年)』에는 실리지 못하는 통속적인 작품 집필로 생계가 안정되었다.

그 후, 『D비탈길의 살인사건(D坂の殺人事件)』(1925년 1월), 『빨간 방(赤い部屋)』(1925년 4월), 『도난(盗難)』(1925년 5월), 『지붕 밑의 산책자(屋根裏の散歩者)』(1925년 8월), 『인간의자(人間椅子)』(1925년 10월), 등, 독창적인 트릭과 참신한 착상에 의한 단편과, 『호반정(湖畔亭)사건』(1926), 『음험한 짐승(음수 ; 陰獸)』(1928) 등의 장편을 집필하는 한편, 『오시에(押絵)와 여행하는 남자』(1929년), 『고도의 도깨비(孤島の鬼)』(1930년)과 같은 환상적인 괴기 취향의 명편(名編)을 발표했다. 그러나 1930년 전후부터 창작력의 고갈을 느끼며, 몹시 강렬한 서스펜스를 무기로 한 『거미 남자(蜘蛛男)』(1929년), 『황금가면(黄金仮面)』(1930년) 등의 통속 스릴러로 전환하고, 또 다른 한편으로는, 『괴인(怪人)이십면상(二十面相)』(1936년)와 같은 아동물을 써서 갈채를 받았다. 중기의 본격적인 작품으로 간주되는 『석류(石榴)』(1934년)으로, 제2차 세계대전 중에는 사실상 집필 금지 상태에 놓였다.

제2차 세계대전 이후는, 추리소설 분야를 중심으로 평론가나 연구가, 편집자로서도 활약했다. 전후에는 『게닌겐기(化人幻戯)』(1954년)와 같은 장편도 썼지만, 란포(乱歩)의 정열은 창작보다도 오히려 추리소설의 보급과 후배 양성, 연구와 평론으로 향해지고, 1947년에 탐정작가클럽의 초대회장이 되고, 1954년 환갑을 기념하여 신인 발굴을 목적으로 한 '에도가와란포 상(江戶川乱步賞)'을 설정하고, 란포의 기부로 창설된 '에도가와란포 상(江戶川乱步賞)'이 추리작가의 등용문이 되는 등, 후세에도 커다란 영향을 미쳤다. 자신도 실제로 탐정으로서, 이와이 사부로(岩井三郎) 탐정사무소에 근무한 경력도 있다.

전후에도, 대중은 란포(乱步)의 '본격적인 것'보다도 '변칙적인 것'을 지지하고, 작가로서도 일본·해외를 불문하고 기출의 트릭이 있는 본격 추리가 경멸되었기 때문에, 란포(乱步)뿐만 아니라 변칙적인 것이 중심으로 집필되었다. 동시기에 다수 발표된 장편 탐정소설 중에서, 전후 지속적으로 재간된 것은 란포(乱步)의 작품뿐이다. 공전의 리바이벌이 된, 요코미조 마사시(橫溝正史)조차, 제2차 세계대전 이전의 장편은 몇 개를 제외하면 일시적으로 재간되었을 뿐이다. 그리고 추리소설(미스터리)의 틀에 머무르지 않고, 괴기·환상문학에서 존재 이유가 있다. 란포(乱步)의 엽기·비정상적인 성애(性愛)를 그린 작품은 후일의 관능소설에 다대한 영향을 남겼다.

　1963년에는 일본추리작가협회의 초대 이사장에 취임했다. 추리소설의 창작 이외에 평론집 『환영성(幻影城)』정편(1951)·속편(1954), 자전적 에세이집 『탐정소설40년』(1961년)이 있다.[1]

---

1) 이상은 日本大百科全書(ニッポニカ)「江戸川乱歩」의 해설
　https://kotobank.jp/word/%E6%B1%9F%E6%88%B8%E5%B7%9D%
　E4%B9%B1%E6%AD%A9-14570
　フリー百科事典『ウィキペディア(Wikipedia)』
　https://ja.wikipedia.org/wiki/%E6%B1%9F%E6%88%B8%E5%B7%
　9D%E4%B9%B1%E6%AD%A9에서 인용하여, 적의 번역함.

본 『에도가와 란포(江戶川乱歩) 단편 추리소설 1』은 일본의 추리소설 작가로 명성이 자자한 에도가와 란포(江戶川乱歩)가 저술한 단편 추리소설 5편을 옮긴 것이다.

첫 번째 작품 『D비탈길 살인사건(D坂の殺人事件)』은 1925년 1월, 하쿠분칸(博文館)의 잡지 『신청년(新青年)』에 실린 것이 초출본이고, 원 저본은 헤이본샤(平凡社)에서 1932년 1월에 출간된 에도가와 란포(江戶川乱歩) 전집 제3권에 수록되어 있다.

두 번째 작품 『빨간 방(赤い部屋)』은 1925년 4월, 하쿠분칸(博文館)의 잡지 『신청년(新青年)』에 실린 것이 초출본이고, 원 저본은, 헤이본샤(平凡社)에서 1931년 12월에 출간된 에도가와 란포(江戶川乱歩) 전집 제7권에 수록되어 있다.

세 번째 작품 『도난(盜難)』은 1925년 8월, 호치(報知)신문사의 잡지 『사진호치(写真報知)』에 실린 것이 초출본이고, 원 저본은, 헤이본샤(平凡社)에서 1932년 1월에 출간된 에도가와 란포(江戶川乱歩) 전집 제3권에 수록되어 있다.

네 번째 작품 『지붕 밑의 산책자(屋根裏の散歩者)』는 1925년 8월, 하쿠분칸(博文館)의 잡지 『신청년(新青年)』에 실린 것이 초출본이고, 원 저본은, 헤이본샤(平凡社)에서 1931년 10월에 출간된 에도가와 란포(江戸川乱歩) 전집 제2권에 수록되어 있다.

다섯 번째 작품 『인간의자(人間椅子)』는 1925년 10월, 플라톤사의 『구라쿠(苦楽)』에 실린 것이 초출본이고, 원 저본은, 헤이본샤(平凡社)에서 1931년 7월에 출간된 에도가와 란포(江戸川乱歩) 전집 제1권에 수록되어 있다.

이상의 5편에 관해, 본 역서에서는 고분샤(光文社)에서 2004년 7월에 발행한 에도가와 란포 전집 제1권 『지붕 밑의 산책자(屋根裏の散歩者)』에 기반을 둔, 인터넷 도서관 아오조라(青空)문고에서 제공하고 있는 인터넷 파일을 번역 대상으로 삼았다.

『D비탈길 살인사건(D坂の殺人事件)』은 란포(乱歩) 초기 작품으로, 본격파(수수께끼 풀이·트릭·탐정의 활약 등이 중심이 되는 추리소설)기 분류된다. 그의 작품에서 친숙한 인물인 아케치 고로(明智小五郎)가 최초로 등장하는 기념비적인 소설이다. D비탈길(D坂)은 도쿄(東京) 분쿄(文京)구(区)에 있는 단고자카(団子坂)를 가리키는데, 집필 당시, 란포가 단고자카 부근에 살고 있어서 모델로 된 것이라고 한다.

『빨간 방(赤い部屋)』은 가능성의 범죄를 그린 추리소설로, 화자의 '살의가 없는 살인'과 '보여주는 살인'이 키워드가 되어 있는데, 마지막에 대반전이 일어난다.

『도난(盜難)』은 어느 종교단체(신흥종교단체)를 제재로 한 소설인데, 사건의 진상은 오리무중으로, 미해결인 채로 끝나고, 수수께끼에 관한 해석을 독자에게 맡기는 리들 스토리(riddle story) 방식을 취하고 있다.

『지붕 밑의 산책자(屋根裏の散歩者)』는, 란포가 이전에 회사를 농땡이치고, 사원 기숙사의 벽장에 숨어 지낸 경험과 자택의 지붕 밑을 배회한 경험에서 착상했다고 한다. 완성된 작품으로서는 무척 인기가 폭발했는데, 자신의 작품에 대해 엄격한 란포로서는, 지붕 밑 옹이구멍을 통해 사람을 살해하는 트릭에 대단히 고생한 점에서 본인으로서는 씁쓸한 추억의 작품이라고 한다.

14

『인간의자(人間椅子)』는 서두와 말미를 제외하고는, 긴 편지문으로 구성되어 있다. 아름다운 여성작가가 어느 날, 여느 때와 마찬가지로 독자들에게서 온 편지를 읽다가, 부피가 많은 원고지에 쓰인 편지를 발견하고 소설의 원고인가 라고 생각했는데, 제목도 서명도 없고 갑자기 '부인'이라는 모두로 시작되고, 내용이 점점 이상하게 전개되는 바람에, 여성 작가는 결국 기분이 나쁜 예감이 들고 두려워하는데, 마지막에 상황은 반전한다.

　역자들은 지금까지 일본어 관련 분야에서 주로 일본어학, 일본어교육을 중심으로 연구해왔으며, 얼마 전부터는 일본어 구어역(口語譯) 성서의 언어학적 표현에 주목하여, 일련의 결과를 사회에 제출한 바 있다. 일본어 성서를 한국어로 옮기는 기초 작업을 통해, 성서라는 공통점이 지니고 있음에도 불구하고, 양 언어의 성서 사이에는 유사점도 무론 있지만, 상이점 또한 존재한다는 사실이 극명하게 드러났다. 그동안 번역은 언어학 분야의 작업 아니라는 지론을 견지했는데, 성서 연구를 통해 번역이 고도의 언어학적 고찰에 기초하여 윤문(潤文)에 있어서 신중한 접근이 필요하

15

다는 것을 깨닫게 되었다.

역자들은 '번역에 있어서의 새로운 지평을 연다' 고 하는 입장에서 번역에 참여하고 있는데, 이것은 극히 오만한 태도로 투영될 수 있기 때문에, 보족을 달면, 언어학적 분석이 선행된 철저한 본문 비판을 통해, 원 저자의 의도를 반영하자는 소박한 생각을 나타난 것이라는 점을 분명히 밝히고자 한다.

역자인 이성규와 오현영은 본문 비판, 윤문 번역, 주, 해설에 관해 의견을 나누고 검토했다. 그리고 본문의 일부 어휘 및 표현에 관해서는 인하대학교 대학원 박사과정 일본어학 전공의 나카무라 유리(中村有里)님(인천대학교)의 다대한 조언을 받았기에 감사의 뜻을 표한다.

특히 일본어는 한국어에 비해 상대적으로 언어형식이 분화적인 면이 있고 분석적인 표현이 주를 이루기 때문에, 한국어로 그것을 그대로 옮기면 부자연스럽거나 용장감(冗長感)을 지울 수 없다. 그렇다고 해서 한국어 표현에 지나치게 방점을 둘 경우에는, 일본어의 생생한 어감을 제대로 살리

16

지 못하며, 또한 일본어에서는 구별하여 사용하고 있는 미세한 감정 표출을 언어화할 수 없다. 번역에 있어서는 먼저 치밀한 본문 비판에서 출발해서, 당해 작품에 대한 언어학적 분석을 거친 연후, 그에 상당하는 어휘와 표현을 결합하는 것이 중요하다고 판단한다. 지금 언급한 내용은 실은 이상적인 과정인지라, 과연 본 역서가 이에 부합하는지는 독자의 판단이라고 사려된다.

2022년 9월

역자 이성규(李成圭)·오현영(吳晛榮)

D비탈길의 살인사건

D坂の殺人事件

주요 등장인물

나(私) : 주인공. 학교를 막 나온 청년으로 무직이고, 카페를 순회하며, 하루하루를 지낸다.

아케치 고로(明智小五郎) : 사립 탐정. 주인공과 친하게 되어, 살인사건의 해결에 나선다.

헌책방의 부인 : 아케치의 소꿉친구로, 사건의 피해자.

I. 사 실

그것은 9월 초순 어느 무더운 밤의 일이었다. 나는 D언덕 큰 거리의 중간에 있는, 하쿠바이켄(白梅軒)이라는, 단골 카페에서 냉커피를 훌쩍훌쩍 마시고 있었다. 당시 나는 학교를 막 나와서 아직 이렇다 할 직업도 없고 하숙집에서 빈 둥빈둥하면서 책이나 읽고 있거나 그것이 질리면, 정처 없이 산책하러 나가서 별로 비용이 들지 않은 카페를 한 차례 방문하는 것이 매일 일과였다. 이 하쿠바이켄이란 데는, 하숙집에서 가깝기도 했고 어디로 산책하러 나가는 데에도 반드시 그 앞을 지나는 그런 위치에 있어서, 가장 자주 출입했던 나라는 남자는 나쁜 버릇이 있어 카페에 들어가면 왠지 눌어붙게 된다. 이것도 원래 식욕이 적은 편이라서 하나는 주머니 속이 가난한 탓도 있어서이지만, 양식을 한 접시 주문하는 것도 아니고 싼 커피를 두 잔이나 세 잔 리필해서, 한 시간이나 두 시간 죽치는 것이다. 그렇다고 해서, 별반 웨이트리스에게 생각이 있거나 놀리는 것은 아니다. 뭐라고 할까? 하숙집보다 왠지 화려하고, 지내기가 편해서일 것이다. 나는 그 날 밤도 여느 때와 마찬가지로 냉커피 한 잔을 10분 동안 마시면서 평소와 마찬가지로 길에 면한 테이블에 진을 치고 멍하니 창밖을 바라다보고 있었다.

그런데 이 하쿠바이켄이 있는 D비탈길이라는 데는, 전에는 국화꽃으로 꾸민 인형의 명소였던 곳으로 좁은 길이 시구(市区) 개정으로 넓혀지고, 몇 간이나 되는 도로라든가 하는 큰 거리가 된 지 얼마 안 되었기 때문에, 아직 큰 거리 양쪽에 군데군데 빈터 등이 있고 지금보다 훨씬 호젓할 때의 이야기다. 큰 거리를 지나 하쿠바이켄의 딱 바로 맞은편에 한 채의 헌책방이 있다. 실은 나는 조금 전부터 그 가게 앞을 바라다보고 있었다. 초라한 변두리의 헌책방으로 별반 바라다볼 정도의 경치도 아니지만, 내게는 약간 특별한 흥미가 있었다. 그 이유는 내가 요즘 이 하쿠바이켄에서 알게 된 묘한 남자 한 사람이 있는데 이름은 아케치 고고로(明智小五郎)라고 하는데 이야기를 하다 보면, 정말 별난 사람으로 그리고 머리가 좋아 보이고, 내가 홀딱 반한 것은 탐정소설을 좋아하는데 그 남자의 어렸을 때부터 친하게 사귄 여자가 지금은 이 헌책방의 아내가 되었다고 하는 것을 요전에 그에게서 들었기 때문이었다. 두서 번 책을 사서 기억하고 있는 것에 의하면 이 헌책방의 부인이라는 사람은 상당한 미인으로 어디가 어떻다고 하는 것은 아니지만, 왠지 관능적으로 남자를 끌어당기는 그런 데가 있다. 그녀는 밤에는 항상 가게를 지키고 있기 때문에, 오늘 밤도 틀림없이 있을 것이라고 해도 다다미 두 장 반의 입구가 비좁은 가게이

20

지만 찾아보았더니 아무도 없다. 어쨌든 머지않아 나올 거라고 나는 죽 눈을 뜨고 지켜보고 있었다.

하지만 헌책방의 부인은 좀처럼 나오지 않는다. 꽤 귀찮아져서 옆에 있는 시계가게로 시선을 옮기려고 하고 있을 때였다. 나는 문득 가게와 안쪽 사이의 경계에 달려 있는 장지의 격자문이 딱 닫히는 것을 보았다. -- 그 장지는 전문가 쪽에서는 무창(無窓 ; 창이 없음)라고 부르는 것으로 보통 종이를 발라야 할 중앙 부분이 잔 세로의 이중 격자로 되어 있어, 그것을 개폐할 수 있는 것이다. -- 그런데 이상한 일도 있는 법이다. 헌책방과 같은 데는 물건을 사는 체하고 훔쳐가기 쉬운 장사라서 설령 가게를 지키고 있지 않아도 안쪽에 사람이 있고 미닫이의 틈 등을 통해 죽 망을 보고 있는 법인데, 그 틈으로 들여다보는 곳을 막아 버리는 것은 이상하다, 추울 때라면 몰라도, 9월이 된 지 얼마 안 되는 이렇게 무더운 밤인데, 무엇보다도 그 미닫이가 꼭 닫혀 있으니 이상하다. 그런 식으로 여러 가지 생각해 보면, 헌책방의 안쪽 사이에 뭔가 일이 있는 것 같아 나는 시선을 옮길 생각은 들지 않았다.

21

헌책방의 부인이라고 하면, 어느 때 이 카페[2]의 웨이트리스들이 이상한 소문 이야기를 하고 있는 것을 들은 적이 있다. 잘은 모르지만 목욕탕에서 우연히 만나는 부인네들이나 아가씨들이 남의 결점을 일일이 들어 헐뜯는 것의 연속인 것 같았지만, "헌책방의 부인은 저렇게 아름다운 사람이지만 나체가 되면 몸에 상처투성이이다, 맞거나 꼬집힌 흔적임에 틀림없어. 특별히 부부 사이가 나쁘지도 않은 것 같은데, 이상해." 그러자 다른 여자가 그 말을 받아 지껄인다. "저 줄지어 늘어선 메밀국수가게인 아사히야(旭屋)의 부인도 자주 상처를 입는데. 그것도 아무래도 맞은 상처임에 틀림없어 …."라고, 이 소문 이야기가 무엇을 의미하는지 나는 깊이 마음에 두지 않고 그냥 남편이 매정하고 거칠 거라는 정도로 생각한 것인데, 독자 여러분, 그것이 좀처럼 그렇지 않았던 것이다. 사소한 일이지만, 이 이야기 전체에 커다란 관계를 지니고 있는 것을 나중에 알았다.

그것은 여하튼 간에 이렇게 나는 30분 정도나 같은 곳을

---

2) 카페(カフェ) : 다방. 다이쇼(大正)·쇼와(昭和) 초기에는 여자를 두고 양주를 팔던 음식점을 가리킨다.

응시하고 있었다. 무언가 일어날 듯한 예감이 든다고도 할까, 어쩐지 이렇게 곁눈질을 하는 사이에 무슨 일인가 일어날 것 같아서 아무래도 밖에 눈을 돌릴 수 없었다. 그때 조금 전에 살짝 이름이 나온 아케치 고고로(明智小五郎)가, 평소와 마찬가지로 거친 세로로 된 굵은 줄무늬의 유카타(浴衣)³⁾를 입고 이상하게 어깨를 흔들고 걸으며 마침 창밖을 지나가고 있었다. 그는 나를 알아차리자 가볍게 인사를 하고 안으로 들어왔는데, 냉커피를 주문하고 나와 마찬가지로 창 쪽을 향해 내 옆에 앉았다. 그리고 내가 한 곳을 응시하고 있는 것을 알아차리자, 그는 내 시선을 더듬어 똑같이 건너편 헌책방을 바라다보았다. 게다가 이상하게도 그도 또 흥미가 있는 듯이 조금도 눈을 딴 데로 돌리지 않고 그쪽을 응시하기 시작했다.

우리는 이렇게 서로 약속한 듯이 같은 장소를 바라다보면서, 여러 가지 잡담을 서로 나누었다. 그때 우리 사이에 어떤 화제가 이야기되었는지 지금은 이미 다 잊어버리고 있

---

3) 유카타(浴衣) : 목욕을 한 뒤 또는 여름철에 입는 무명 홑옷.

고, 게다가 이 이야기에는 그다지 관계가 없는 일이기 때문에, 생략하지만, 그것이 범죄나 탐정에 관한 것이었던 것은 확실하다. 시험 삼아 견본을 하나 꺼내보면,

"절대로 발견되지 않는 범죄라는 것은 불가능할까요? 나는 무척 가능성이 있다고 생각하는데요. 예를 들어, 다니자키 준이치로(谷崎潤一郎)의 『도상(途上)』입니다. 그런 범죄는 우선 발견되지 않아요. 그렇다고 하더라도, 그 소설에서는, 탐정이 발견한 것으로 되어 있습니다만, 그것은 작자의 뛰어난 상상력이 만들어낸 것이니까요."
라고 아케치는 말했다.

"아뇨, 나는 그렇게는 생각하지 않아요. 실제 문제라면 몰라도 이론적으로 말해 탐정이 할 수 없는 범죄 같은 것은 없습니다. 다만 현재의 경찰에게 『도상(途上)』에 나오는 그런 위대한 탐정이 없을 뿐입니다."라고 나는 말했다.

대충 이렇게 말한 것 같다. 하지만 어느 순간, 두 사람은 미리 이야기한 것처럼, 입을 다물어 버렸다. 아까부터 이야기하면서 시선을 딴 데로 돌리지 않고 있었던, 건너편 헌책방에 어떤 재미있는 사건이 발생한 것이었다.

나 "그대도 눈치채고 있는 것 같습니다."

라고 내가 속삭이자, 그는 그 자리에서 대답했다.

아케치 "책 도둑이지요? 아무래도 이상해요. 나도 여기 들어
　　　　왔을 때부터 보고 있었어요. 이것으로 4명째입니다.

나 "그대가 오고 나서 아직 30분도 되지 않았는데, 30분에
　　　4명이나 조금 이상하네요. 나는 그대가 오기 전부터
　　　저기를 보고 있었어요, 1시간 정도 전에. 저 미닫이
　　　가 있지요? 저기 격자처럼 된 데가 닫히는 것을 보았
　　　습니다만, 그러고 나서 계속해서 주의해서 보고 있
　　　었습니다."

아케치 "집의 사람이 나간 것은 아닙니까?"

나 "그게 말이지요, 저 미닫이는 한 번도 열리지 않았습니
　　　다. 나갔다고 하면 뒷문을 통해서일까요? … 30분이
　　　나 사람이 없다니 확실히 이상하네요. 어떻습니까?
　　　가 보지 않겠습니까?"

아케치 "그러네요. 집 안에 이상이 없다고 하더라도, 밖에서
　　　　무슨 일이 있었는지도 모르니까요."

　나는 이것이 범죄사건이라도 되면, 재미있을 것 같다고
생각하면서 카페를 나왔다. 아케치도 틀림없이 똑같은 생각

일 것이다. 나도 적잖이 흥분하고 있었다.

　헌책방은 흔히 있는 구조로 가게 전체가 토방으로 되어 있고, 정면과 좌우에 천장까지 닿는 책장을 설치하고, 그 허리 부분이 책을 나란히 세우기 위한 대로 되어 있다. 토방 중앙에는 섬처럼 이것도 책을 나란히 세우거나 쌓아올리기 위한 장방형의 대가 놓여 있다. 그리고 정면 책장의 오른쪽이 세 자 정도 열려 있어, 안쪽 방으로 가는 통로가 되고, 앞에서 말한 미닫이 한 장이 세워져 있다. 평상시는 이 미닫이 앞의 반 장 정도의 다다미가 깔린 곳에 주인이나 부인이 달랑 앉아 지키고 있다.

　아케치와 나는 그 다다미가 깔린 곳까지 가서 큰 소리로 불러 보았지만, 아무런 대답도 없다. 역시 아무도 없는 것 같다. 나는 미닫이를 조금 열고 안쪽 방을 들여다보았더니, 안은 전등이 꺼져 아주 캄캄하지만, 아무래도 사람 같은 것이 방구석에 쓰러져 있는 모양이다. 이상하게 생각해서 다시 한번 불렀지만, 대답을 하지 않는다.

나 "상관없어, 올라가 보지 않겠습니까?"

　그래서 두 사람은 우르르 안쪽 방으로 마구 들어갔다. 아케치가 손으로 전등 스위치를 비틀었다. 그 순간, 우리는 동시에, "아!" 하고 소리를 질렀다. 불이 들어온 방 한쪽 구석에는, 여자 송장이 길게 누워 있는 것이다.

아케치 "이곳의 부인이군요."

간신히 내가 말했다.

나 "목이 졸려 있는 것이 아닙니까?"

아케치는 옆으로 다가가서, 시신을 조사하고 있었는데,

아케치 "도저히 소생한 가능성은 없어요. 빨리 경찰에 알려야 해요. 내가 공중전화에 갔다 오겠습니다. 그대는 여기를 지키고 있으세요. 근처에는 아직 알리지 않는 편이 좋겠네요. 단서를 지워 버리면 안 되니까."

그는 이렇게 명령조로 말을 남기고, 반 정(町) 남짓한 곳에 있는 공중전화로 뛰어갔다.

평소에도 범죄라니 탐정이라니 하며, 토론만은 제 몫을 하는 사람처럼 상당히 잘 해내는 나지만, 그런데 실제로 부딪히는 것은 처음이다. 손을 쓸 수도 없다. 나는 그냥 말끄러미 방의 모습을 바라다보고 있는 것 이외는 달리 방도가 없었다.

방은 한 칸으로 되어 있는 6조(六疊)짜리로 안쪽은 오른쪽 한 칸이 폭이 좁은 툇마루를 사이에 두고 2평 정도의 뜰과 변소가 있고, 뜰 건너편은 널판장으로 되어 있다. -- 여름이고 열어 둔 채로 놓여 있어 완전히 훤히 트여 있다. -- 왼쪽 반 칸은 가로닫이로 그 안에 다다미 2장 정도 깔린 마루방이 있고, 뒷문에 접해 좁은 (목욕통 옆의) 몸 씻는 곳이 보이고, 거기의 (높이 약 1미터의 징두리널 문) 장지는 닫혀 있다. 마주 보고 오른쪽은 4장의 맹장이가 닫혀 있고, 안은 이층으로 올라가는 계단과 물건을 넣어 두는 곳으로 되어 있는 것 같다. 매우 흔한 싸구려 공동주택의 방 배치이다.

시신은 왼쪽 벽 쪽에 가게방 쪽을 머리로 하고 쓰러져 있다. 나는 되도록 끔찍스러운 범행 당시의 모습을 어지럽히지 않으려고, 하나는 어쩐지 기분이 나빠서 시신 옆으로 다가가지 않았다. 하지만 좁은 방이다 보니 안 보려고 해도 자연히 그쪽으로 눈이 가는 것이다. 여자는 거친 중간형 무늬의 유카타를 입고, 거의 반듯하게 쓰러져 있다. 그렇지만 옷은 무릎 위쪽까지 걷어 올려지고, 넓적다리가 드러나 있을 정도로 별로 저항한 모습은 없다. 목 부분은 잘은 모르지만 아무래도 목 졸린 상처가 보라색으로 되어 있는 것 같다.

바깥 큰 거리에는 사람들의 왕래가 끊어지지 않는다. 소리 높여 대화하고, 대그락대그락 굽이 낮은 나막신을 질질 끌고 가는 사람이랑 술에 취해 유행가를 큰 소리로 부르며 가는 사람이랑 극히 천하태평이다. 그리고 미닫이 한 장의 집안에는 한 명의 여자가 참살되어 길게 누워 있다. 이 얼마나 짓궂은 일인가? 나는 묘하게 감상적으로 되어 아연히 잠시 멈춰 서 있었다.

아케치 "금방 온다고 해요."

아케치가 숨을 헐떡이며 돌아왔다.

나 "아, 그래요."

나는 왠지 말하는 것도 귀찮고 힘이 들었다. 두 사람은 오랫동안 한마디도 안 하고 얼굴을 서로 마주 보고 있었다.

얼마 후 정복 차림을 한 경찰관 한 사람이 양복을 입은 남자와 같이 찾아왔다. 정복을 입은 사람은 나중에 알았지만 K경찰서의 사법주임(司法主任)⁴⁾이고, 다른 한 사람은 그 표정이나 소지품으로 알 수 있듯이 같은 경찰서에 속한

---

4) 사법주임(司法主任) : 제2차 세계대전 이전의 범죄 수사를 담당하는 경찰관을 가리키며, 계급은 경부보(警部補)이다.

경찰의(警察醫)5)였다. 우리는 사법주임에게 처음부터의 사정을 대략 설명했다. 그리고 나는 이렇게 덧붙였다.

나 "바로 이 아케치 군이 카페에 들어왔을 때 우연히 시계를 봤습니다만, 정각 8시 반경이었으니, 이 미닫이의 격자가 닫힌 것은 아마도 8시경이었을 것 같습니다. 그때는 아마 확실히 안에는 전등이 켜져 있었습니다. 따라서 적어도 8시경에는 누군가 살아 있는 사람이 이 방에 있던 것은 분명합니다."

사법주임이 우리 진술을 청취하고 수첩에 기록하고 있는 사이에 경찰의는 일단 사체 검진을 끝냈다. 그는 우리의 말이 중도에 끊어지는 것을 기다리고 말했다.

경찰의 "교살(絞殺)6)이네요. 손으로 목이 졸려 죽었습니다. 이것 보세요. 이 보라색으로 되어 있는 것이 손가락의 흔적입니다. 그리고 이 출혈되어 있는 것은 손톱이 닿은 곳입니다. 엄지손가락의 흔적이 목의 오른

---

5) 경찰의(警察医) : 경찰의 수사에 협력하는 의사로, 주로 검안으로 사인 불명의 시신을 조사해서 사인을 의학적으로 판단하는 업무를 행한다.

6) 교살(絞殺) : 목을 졸라 죽이는 것.

쪽에 나 있는 것을 보면, 오른손으로 한 것입니다. 글쎄요? 아마 사후 1시간 이상은 경과되지 않았겠지요? 그러나 물론 이제 소생의 가능성은 없습니다."

사법주임 "위에서 꽉 눌렀겠지요." 사법주임은 생각하고 또 생각해서 말했다. "그러나 그런 것 치고는 저항한 모습이 없지만 … 아마 대단히 급격하게 한 것이겠지요? 굉장한 힘으로."

그러고 나서 그는 우리 쪽을 향해 이 집의 주인은 어떻게 되었냐고 물었다. 그러나 물론 우리가 알고 있을 리는 없다. 그래서 아케치는 눈치 있게 굴며 이웃집의 시계가게 주인을 불러왔다.

사법주임과 시계가게 주인의 문답은 대개 다음과 같았다.

사법주임 "주인은 어디에 갔나?"

시계가게 "이곳 주인은 매일 밤 헌책을 야시장에 내놓으러 가기 때문에, 항상 12시경이 되지 않으면 돌아오지 않습니다. 네."

사법주임 "어디에 야시장의 노점을 내는 거야?"

시계가게 "자주 우에노(上野)의 히로고지(広小路)에 가는 것 같습니다만. 오늘 밤은 어디로 나갔는지 도무지 저는 알 수 없어서요. 네."

사법주임 "1시간 정도 전에 무슨 소리를 듣지 않았는가?"

시계가게 "무슨 소리라고 말씀하시면,"

사법주임 "뻔하잖아? 이 여자가 살해당했을 때의 큰소리로
　　　　외치는 소리라든가 격투하는 소리라든가 … "

시계가게 "별반 이렇다 할 소리를 듣지 않은 것 같았습니다
　　　　만."

　그러는 동안 근처 사람들이 전해 듣고 모여든 것과 지나
가던 구경꾼들로 헌책방 앞은 사람들 떼로 가득 찼다. 그중
에 다른 한쪽의 이웃집인 버선가게의 부인이 있었고 시계가
게를 응원했다. 그리고 그녀도 아무것도 소리를 듣지 못했
다는 취지의 진술을 했다.

　이 사이에 근처 사람들은 상의하고 나서 헌책방의 주인
한테 심부름꾼을 보낸 모양이었다.

　그때 밖에 자동차가 서는 소리가 나고, 여러 명이 우르르
들어왔다. 그것은 경찰의 급보로 달려온 재판소의 무리와
우연히 동시에 도착한 K경찰서장 및 당시 명탐정이라는 소
문이 자자한 고바야시(小林)형사 등의 일행이었다. -- 물론
이것은 나중에 알게 되는 것이다. 그 이유는 내 친구 중에

사법기자(司法記者)가 1명 있고, 그 친구가 이 사건 담당인 고바야시 형사와 매우 친한 사이여서 나는 후일 그로부터 여러 가지 들을 수 있었다. -- 먼저 도착한 사법주임은 그 사람들 앞에서 지금까지의 상황을 설명했다. 우리도 먼저 진술을 다시 한번 반복하지 않으면 안 되었다.

고바야시 "밖의 문을 닫읍시다."

갑자기 검은 알파카의 상의에 하얀 바지라고 하는 허드렛일을 하는 회사원 같은 남자가 큰소리로 고함치고, 잽싸게 문을 닫고 안에 들이지 않았다. 이 사람은 고바야시형사였다. 그는 이렇게 구경꾼을 쫓아내고 탐정 수사에 착수했다. 그의 방식은 정말 방약무인으로 검사나 서장 등은 마치 안중에 없는 모양이었다. 그는 처음부터 끝까지 혼자서 활동했다. 다른 사람들은 단지 그의 민첩한 행동을 방관하기 위해 찾아온 구경꾼에 지나지 않는 것처럼 보였다. 그는 제일 먼저 시신을 조사했다. 목 주위를 특히 매우 조심스럽게 만지작거리고 있었는데,

고바야시 "이 손가락 자국에는 특별히 특징이 없습니다. 즉 보통 사람이 오른손으로 꽉 눌렀다고 하는 것 이외

에 아무런 실마리도 없습니다."

라고 검사 쪽을 보며 말했다. 그 다음 그는 한 번 시신을 나체로 해 보이겠다고 말을 꺼냈다. 그래서 의회의 비밀모임처럼 방관자인 우리는 가게방으로 내쫓겨야만 했다. 따라서 그 사이 어떤 발견이 있었는지 잘 모르지만 헤아려보건대 그들은 죽은 사람의 몸에 많은, 입은 지 얼마 안 된 상처가 있는 것에 신경을 쓴 것이 틀림없다. 카페의 웨이트리스가 이야기하고 있던 바로 그것이다.

얼마 후 이 비밀모임이 해제되었지만, 우리는 안쪽 방에 들어가는 것을 꺼리고, 바로 그 가게의 방과 맹장지 경계의 다다미가 깔린 곳에서 안쪽을 들여다보았다. 다행히 우리는 사건의 발견자였고 게다가 나중에 아케치의 지문을 채취하지 않으면 안 되었기 때문에, 마지막까지 내쫓기지 않아도 되었다. 라고 하기보다는 억류되어 있었다고 하는 쪽이 맞을지도 모른다. 그러나 고바야시 형사의 활동은 안쪽 방에만 한정된 것은 아니고 가게 안과 가게 밖의 넓은 범위에 걸쳐 있었기 때문에, 한 곳에 가만히 있었던 우리는 그 수사 상황을 알 리가 없지만 운 좋게 검사가 안쪽 방에 진을 치고 있고 시종 거의 움직이지 않았기 때문에, 형사가 들락날락 할 때마다 일일이 수사 결과를 보고하는 것을 빠지지 않고 들을 수 있었다. 검사는 그 보고에 기초해서 조서의 자료를 서기에게 기록하게 했다.

먼저 시신이 있었던 안쪽 방의 수색이 이루어졌지만, 유류품도 발자국도 기타 탐정의 눈에 띄는 어떤 것도 없었던 것 같다. 단 하나를 제외하고는.

형사 "전등 스위치에 지문이 있습니다." 검은 에보나이트[7) 스위치에 무엇인가 하얀 가루를 뿌리고 있던 형사가 말했다.

형사 "전후 사정에서 생각해서 전등을 끈 것은 범인이 틀림 없습니다. 그러나 이것을 켠 것은 여러분 중에서 누구 입니까?

아케치가 자기라고 대답했다.

형사 "그렇습니까? 나중에 당신의 지문을 채취하도록 하겠 습니다. 이 전등은 손대지 않도록 하고 이대로 떼서

---

7) 에보나이트[ebonite] : 만년필이나 전기 기구의 절연체 등에 사용하는 각질의 물질.

가지고 갑시다.”

그러고 나서 형사는 이층으로 올라가서 잠시 동안 내려 오지 않았는데, 내려오자마자 골목을 조사한다고 하며 나갔다. 그것이 10분이나 걸렸을까? 얼마 후 그는 아직 불이 켜져 있는 회중전등을 한 손에 들고 남자 한 사람을 데리고 돌아왔다. 그 사람은 더러운 크레이프 셔츠에 카키색 바지 복장으로 40세 정도의 꾀죄죄한 남자다. 형사가 보고했다.

형사 “발자국은 전혀 소용없습니다. 이 뒷문 주변은 햇볕이 안 드는 탓인지 진창이 심하고 나막신의 흔적이 엄청나게 많이 남았기 때문에 도저히 알 수가 없습니다.”

데리고 온 남자를 가리키며,

형사 “이 사람은 이 뒷골목을 나간 곳의 구석에 있는 아이스크림 가게 주인입니다만, 만일 범인이 뒷문을 통해 도망쳤다고 하면, 골목은 출입구가 한쪽에만 있으니 반드시 이 남자의 눈에 띄었을 것입니다. 자네 다시 한번 내 질문에 대해 대답해 보게.”

형사 “오늘 밤 8시 전후 이 골목을 출입한 사람은 없나?”

아이스크림 가게 “한 사람도 없어서 해가 지고 나서 이쪽으

로 고양이 새끼 한 마리도 지나가지 않아서" 아이스
크림 가게 주인은 꽤 요령 있게 대답한다.

아이스크림 가게 "저는 오랫동안 여기에 가게를 내고 있습니
다만, 거기는 이 공동주택의 부인들도 밤에는 좀처
럼 지나가지 않아서, 여하튼 그 발붙일 데가 없는 곳
에 게다가 칠흑같이 어두우니까요."

형사 "자네 가게 손님 중에서 골목 안에 들어간 사람은 없
나?"

아이스크림 가게 "그런 사람도 없습니다. 다들 제 눈앞에서
아이스크림을 먹고 금방 원래 있던 곳으로 돌아가셨
습니다. 그것은 정말 틀림없습니다."

그런데 만일 이 아이스크림 가게 주인의 증언이 신뢰할
만한 것이라고 하면, 범인은 설령 이 집의 뒷문을 통해 도망
쳤다고 하더라도, 그 뒷문의 유일한 통로인 골목은 나가지
않았다는 것이 된다. 그렇다고 해서 앞 쪽을 통해 나가지 않
은 것도 우리가 하쿠바이켄에서 보고 있었기 때문에 틀림없
다. 그럼 그는(범인은) 도대체 어떻게 된 것일까? 고바야시
형사의 생각에 의하면, 이것은 범인이 이 골목을 둘러싸고

있는 안팎 양쪽의 공동주택의 어느 집에 잠복하고 있는지 그렇지 않으면 임차인 중에 범인이 있는지 둘 중의 어느 쪽일까? 그렇다고 하더라도 이층에서 지붕을 타고 도망치는 길은 있지만, 이층을 조사한 바에 의하면 바깥쪽 창은 달려 있는 격자가 꼭 끼어 있어 전혀 움직인 흔적은 없고, 뒤쪽 창도 이런 더위에서는 어느 집 할 것 없이 이층은 열어 둔 채로 있고 그중에는 빨래를 널어 말리는 곳에서 시원한 바람을 쐬고 있을 정도이니까, 여기에서 도망치는 것은 좀 어렵다고 생각됩니다.라는 것이다.

그래서 현장 검증하는 사람들 사이에 약간 수사방침에 관한 회의가 열렸는데, 결국 분담해서 근처를 집집마다 조사해 보는 것으로 결정되었다. 그렇다고 해도 안팎의 공동주택을 합쳐도 11채밖에 없으니까 별로 성가시지 않다. 그것과 동시에 집안도 다시 한번 마루 밑에서 천장 안까지 샅샅이 조사되었다. 그러나 그 결과는 아무것도 얻는 바가 없었을 뿐만 아니라 오히려 사정을 곤란하게 만든 것처럼 보였다. 그 이유는 헌책방의 한 채 걸러 이웃에 있는 과자가게 주인이 해질녘부터 바로 지금까지 옥상의 빨래 말리는 곳에 나가 퉁소를 불고 있었던 것을 알았는데, 그는 처음부터 끝까지 마침 헌책방 이층 창의 사건을 보고도 놓칠 리가 없는 그런 위치에 앉아 있었다.

　　독자 여러분, 사건은 상당히 재미있어졌다. 범인은 어디에서 들어와서 어디에서 도망쳤는지 뒷문을 통해서도 아니다, 이층의 창을 통해서도 아니다, 그리고 밖을 통해서는 물론 아니다. 그는(범인은) 처음부터 존재하지 않았는지 그렇지 않으면 연기처럼 사라져버린 것인가. 이상한 것은 그것뿐만 아니다. 고바야시 형사가 검사 앞에 데리고 온 학생 2명이 실로 기묘한 것을 진술한 것이다. 그들은 뒤쪽 공동주택에 방을 빌리고 있는 어떤 공업학교의 학생들로 두 사람 모두 아무렇게나 되는 대로 말하는 그런 남자라고도 보이지 않았지만 그럼에도 불구하고 그들의 진술은 이 사건을 점점 수수께끼로 만드는 그런 성질의 것이었다.
　　검사의 질문에 대해 그들은 대략 다음과 같이 대답했다.

학생 1 "저는 정각 8시경에 이 헌책방 앞에 서서 거기 대에 있는 잡지를 펴서 보고 있었습니다. 그러자 안쪽에서 무엇인가 소리가 나서 문득 눈을 들어 이 미닫이 쪽을 보니, 미닫이는 닫혀 있었습니다만, 이 격자처럼 되어 있는 곳이 열려 있어서 그 틈새에 남자 한 명이 서 있는 것이 보였습니다. 그러나 제가 눈을 든 것과 그 남자가 이 격자를 닫는 것이 거의 동시였기 때문에, 자세한 것은 물론 알 수 없습니다만, 그래도 띠를 맨 방식에서 남자인 것은 확실합니다."

검사 "그런데 남자였다고 하는 것 이외에 뭔가 알아차린 점은 없습니까? 키와 몸집이라든가 옷 무늬라든가."

학생 1 "보인 것은 허리에서 아래쪽이어서 키와 몸집은 좀 모르겠습니다만, 옷은 검은 것이었습니다. 어쩌면 가는 줄무늬인가 가스리(絣)[8]이었는지도 모르겠습니다만. 제 눈에는 검은 무지(無地)[9]로 보였습니다."

학생 2 "저도 이 친구와 함께 책을 보고 있었습니다."라고 또 다른 학생 "그래서 똑같이 소리를 알아차리고 마찬가지로 격자가 닫히는 것을 보았습니다. 그렇지만 그 남자는 확실히 하얀 기모노를 입고 있었습니다.

---

8) 가스리(絣) : 붓으로 살짝 스친 것 같은 잔무늬 또는 그런 천.

9) 무지(無地) : 전체가 한 색깔로 무늬가 없는 것.

줄무늬도 무늬도 없는 순백의 기모노입니다."

검사 "그것은 이상하지 않습니까? 자네들 중에서 어느 쪽이

　　　틀리지 않으면."

학생 1 "절대로 틀리지 않습니다."

학생 2 "저도 거짓말은 하지 않습니다."

　　이 두 학생의 이상한 진술은 무엇을 의미하는지 예민한 독자는 아마 어떤 사실을 알아차리셨을 것이다. 실은 나도 그것을 눈치채고 있었다. 그러나 재판소나 경찰 사람들은 이 점에 관해 그다지 깊게 생각하지 않는 모양이었다.

　　얼마 후 죽은 사람의 남편인 헌책방 주인이 소식을 듣고 돌아왔다. 그는 헌책방 주인답지 않은, 날씬하고 젊은 남자였는데, 아내의 시신을 보자 마음이 약한 성질인 듯이 소리만 내지 않았지만, 눈물을 주르르 흘리고 있었다. 고바야시 형사는 그가 진정되는 것을 기다렸다가 질문을 시작했다. 검사도 말을 거들었다. 그러나 그들이 실망한 것은 주인은 전혀 범인에 대한 짐작 가는 데가 없다는 것이다. 그는 "이 사람에 한해 남에게 원한을 살 그런 사람이 아닙니다."라고 하며 우는 것이다. 게다가 그가 여러 가지 조사한 결과 도둑

의 소행이 아닌 것도 확인되었다. 그래서 주인의 경력, 아내의 신원 기타 여러 가지 취조가 있었지만 그런 것들은 별반 의심할 만한 점도 없고 이 이야기의 줄거리에 그다지 관계도 없어서 생략하기로 한다. 마지막으로 죽은 사람의 몸에 있는 많은 새 상처에 관해 형사의 질문이 있었다. 주인은 대단히 주저하고 있었지만, 간신히 자신이 상처를 입혔다고 대답했다. 그러나 그 이유에 관해서는 집요한 심문에도 불구하고 별로 명백한 답은 주지 않았다. 그러나 그는 그날 밤 죽 야시장에서 노점을 열고 있던 것을 알았기 때문에, 설령 그것이 학대의 상처 자국이라고 해도 살해 혐의는 받지 않을 것이다. 형사도 그렇게 생각했는지 더 이상 꼬치꼬치 캐묻지 않았다.

그렇게 해서 그날 밤 취조는 일단락되었다. 우리는 주소 성명 등을 기록하고 아케치는 지문 채취를 받고 귀가한 것은 이미 1시 넘어서였다.

만일 경찰 수색에 실수가 없고 또 증인들도 거짓말을 하지 않았다고 하면 이것은 실로 이해할 수 없는 사건이었다. 게다가 나중에 알게 된 바에 따르면, 이튿날부터 연이어 행해진 고바야시 형사의 모든 취조도 아무런 보람도 없이 사건은 발생 당일 밤 상태에서 조금도 진전되지 않았다. 증인들은 모두 신뢰할 만한 사람들이었다. 11채의 공동주택 주민에게도 의심할 만한 점은 없었다. 피해자의 고향에서도 취조가 이루어졌지만, 이것 또한 달라진 것이 아무것도 없다. 적어도 고바야시 형사 -- 그는 앞에서도 말한 대로 명탐정이라고 소문이 나 있는 사람이지만, 전력을 다해 수색한 범위에서는 이 사건은 전혀 풀 수 없다고 결론을 내릴 수밖에 없었다. 이것도 나중에 들은 것이지만 고바야시 형사가 유일한 증거품으로 기대를 걸고 가지고 돌아간 바로 그 전등 스위치에도 낙담했듯이 아케치의 지문 이외에 아무것도 발견할 수가 없었다. 아케치는 그때 당황하고 있었던 탓인지 거기에는 많은 지문이 찍혀 있었는데 모두 그 자신의 것이었다. 아마도 아케치의 지문이 범인의 그것을 지워 버렸을 것이라고 형사는 판단했다.

독자 여러분, 여러분은 이 이야기를 읽고 에드거 앨런 포(Edgar Allan Poe)의 『모르그 가(街)의 살인』이나 아서 코난 도일(Arthur Conan Doyle)의 『얼룩 끈』을 연상하시지는 않을까요? 즉 살인사건의 범인은 인간이 아니라 오랑우탄이라든가 인도의 독사라든가 하는 그런 종류의 것이라고 상상하시지는 않을까요? 나도 실은 그것을 생각했다. 그러나 도쿄의 D비탈길 부근에 그런 것이 있을 것이라고도 생각되지 않고, 무엇보다도 미닫이의 틈새를 통해 남자의 모습을 보았다고 하는 증인이 있다. 뿐만 아니라 원류(猿類) 등이라면 발자국이 남지 않을 리는 없고 또 사람 눈에도 띄었을 것이다. 그리고 죽은 사람의 목에 있던 손가락의 흔적도 정말로 사람의 그것이다. 뱀이 휘감겼다고 하더라도 그런 흔적은 남지 않는다.

그것은 여하튼 아케치와 나는 그 날 밤 집에 돌아오면서 대단히 흥분해서 여러 가지로 대화했다. 한 예를 들면 뭐 이런 식의 이야기를.

아케치 "그대는 에드거 앨런 포(Edgar Allan Poe)의 『모르그가(街)의 살인』나 가스통 르루의 『노란 방의 비밀』 등의 소재가 된, 그 유명한 파리의 Rose Delacourt 사건을 알고 있지요? 100년 이상 지난 오늘날도 아직 수수께끼로 남아 있는 그 이상한 살인사건을. 나는 그것을 생각해냈어요. 오늘밤의 사건도 범인이 떠난 흔적이 없는 것은 아무래도 그것과 흡사하지 않습니까?"

나 "그러네요. 실로 이상하네요. 자주 일본 건축에서는 외국의 탐정소설에 있는 그런 심각한 범죄는 일어나지 않는다고 합니다만, 나는 전혀 그렇지 않다고 생각해요. 실제로 이런 사건도 있으니까요. 나는 왠지 할 수 있을까? 할 수 없을까? 모르지만 한 번 이 사건을 조사해 보고 싶다는 그런 생각이 듭니다."

그리고 우리는 옆으로 들어간 한적한 거리에서 작별을 고했다. 그때 아케치는 특유의 어깨를 흔드는 걸음으로 빨리빨리 거리를 돌아가는 뒷모습이, 화려한 굵은 세로줄 무늬 유카타(浴衣)에 의해 어둠 속에 또렷이 도드라지게 보였던 것을 기억하고 있다.

II. 추리

그런데 살인사건으로부터 10일 지난 어느 날 나는 아케치 고고로(明智小五郎)의 숙소를 찾아갔다. 그 10일 동안에 아케치와 내가 이 사건에 관해 무엇을 하고 무엇을 생각하고, 무엇을 결론지었는가? 독자는 이것들을 이날 그와 나 사이에 주고받은 대화에 의해 충분히 헤아릴 수 있을 것이다.

그때까지 아케치와는 카페에서 만나고 있었을 뿐이고 숙소를 찾아가는 것은 그때가 처음이었지만, 미리 장소를 물었기 때문에, 찾는 데에 고생은 하지 않았다. 나는 그렇게 보이는 담배 가게 앞에 서서, 아주머니에게 아케치가 있는지 어떤지를 물었다.

아주머니 "네, 계십니다. 잠깐 기다려 주세요. 지금 불러 올 테니까."

그녀는 그렇게 말하고 가게 앞에서 보이는 계단에 올라가는 데까지 가서 큰 소리로 아케치를 불렀다. 그는 이 집의 이층을 빌리고 있다.

아케치 "어."

라고 이상한 대답을 하고 아케치는 삐걱삐걱 계단을 내려왔는데 나를 발견하자, 놀란 얼굴을 하고, "야, 올라와요."라고 했다. 나는 그의 뒤를 따라 이층으로 올라갔다. 그런데 별생각 없이 그의 방으로 한 걸음 발을 들여놓았을 때 나는 아! 하고 혼비백산하고 말았다. 방의 모습이 너무나도 이상했기 때문이다. 아케치가 괴짜라는 것을 모르는 바는 아니었지만, 이것 또한 너무 별났다.

생각과는 다르다. 4조(畳)반의 다다미방이 서책으로 메워져 있는 것이다. 한가운데 조금 다다미가 보일 뿐 나머지는 책의 산이다. 사방 벽과 맹장지를 따라 아래쪽은 대부분 방 가득 위쪽일수록 폭이 좁아져서 천장 부근까지 사방에서 서책의 제방이 다가오고 있다. 다른 도구는 아무것도 없다. 도대체 그는 이 방에서 어떻게 잘 것인가 하고 의심될 정도이다. 무엇보다도 주인과 손님이 앉을 데도 없다. 무심코 몸을 움직일 것 같으면 순식간에 책의 제방이 무너져서 찌그러져 버릴지도 모른다.

아케치 "이거 참 좁아서 안 되는데, 게다가 방석이 없어요.

미안하지만 폭신하게 보이는 책 위라도 앉으세요."

나는 서책의 산을 헤치고 들어가 간신히 앉을 장소를 발견했지만, 너무 심해서 잠시 멍하니 그 부근을 둘러보았다.

나는 이렇게도 유별난 방의 주인 아케치 고고로이란 위인에 관해 여기에서 일단 설명해 두어야 할 것이다. 그러나 그는 요즘 사귄 사이라서 그가 어떤 경력의 남자이고 무엇으로 생활하고 무엇을 목적으로 이 세상을 보내고 있는지 등은 일절 모르지만, 그가 이렇다 할 직업을 가지지 않는 일종의 놀고 지내는 사람이라는 것은 확실하다. 굳이 말하면 서생(書生)일까? 하지만 서생치고는 상당히 별난 서생이다. 언젠가 그가 "나는 사람을 연구하고 있어요."라고 한 적이 있는데 그때 나는 그것이 무엇을 의미하는지 잘 몰랐다. 단지 알고 있는 것은 그가 범죄나 탐정에 관해 남다른 흥미와 무서울 정도로 풍부한 지식을 가지고 있다는 점이다.

나이는 나와 같아 보이고 25세를 넘지는 않은 것 같다. 어느 쪽인가 하면 마른 편이고 앞에서도 말한 대로 걸을 때 이상하게 어깨를 흔드는 버릇이 있다. 그렇다고 해도 결코 호걸풍의 그것이 아니라 묘한 남자를 예로 들자면 그 유명한 왼팔이 부자유스러운 야담가 간다 하쿠류(神田伯龍)를 연상시키는 그런 걸음걸이이다. 하쿠류라고 하면 아케치는 표정에서 음성까지 그와 똑같다. -- 하쿠류를 본 적이 없는 독자는 여러분이 알고 있는 범위 내에서 소위 호남은 아니지만 어딘지 애교가 있는 그리고 가장 천재적인 얼굴을 상상하라. -- 다만 아케치는 머리카락이 더 길게 자랐고 더부룩이 서로 뒤엉켜 있다. 그리고 그는 남과 이야기할 사이에도 자주 손가락으로 그 더부룩한 머리카락을 더 더부룩하게 만들기 위해서인지 마구 휘젓는 습관이 있다. 복장 등은 전혀 개의치 않는 것 같고 항상 무명 기모노에 구깃구깃한 (남자가 매는 한 폭으로 된) 허리띠를 매고 있다.

아케치는 바로 그 머리를 휘저으면서 뚫어지게 내 얼굴을 바라보며 말한다.

아케치 "잘 찾아왔군요. 그 후 오랫동안 만나지 않았는데 바로 그 D비탈길의 사건은 어떻습니까? 경찰 쪽에서는 전혀 범인의 예상을 하지 못하는 것 같지 않습니까? "실은 저 오늘 그 일로 조금 할 이야기가 있어서 왔어요."

그리고 나는 어떤 식으로 이야기를 꺼내야 좋을까 망설
이면서 시작했다.

나 "저는 그때부터 여러 가지 생각해 보았습니다. 생각했을
　　뿐만 아니라 탐정처럼 실지 취조도 했어요. 그리고
　　실은 한 가지 결론에 도달했습니다. 그것을 그대에
　　게 보고 드리려고 생각해서 … "

아케치 "허. 그건 매우 근사하네요. 자세히 들었으면 합니다."

나는 그런 그의 눈초리에 무엇을 알 수 있느냐 하는 그런
경멸과 안심의 기색이 떠올라 있는 것을 놓치지 않았다. 그
래서 그것이 내가 머뭇거리고 있는 마음을 격려해 주었다.
나는 기세를 올려 분발하여 이야기하기 시작했다.

나 "내 친구 중에 신문기자가 한 명 있어서요. 그 친구가 바
　　로 그 사건의 담당자인 고바야시 형사라는 사람과
　　친한 사이입니다. 그래서 나는 그 신문기자를 통해
　　경찰 상황을 자세히 알 수가 있었습니다만, 경찰에
　　서는 도무지 수사방침이 서지 않는 것 같습니다. 물
　　론 각종 여러 가지 활동은 하고 있지만 이렇다 할 예
　　상을 할 수 없다는 것입니다. 저, 문제의 그 전등 스

위치인데요. 그것도 소용없어요. 거기에는 오직 그 대의 지문밖에 남아 있지 않다는 것을 알았습니다. 경찰 생각으로는 아마 그대의 지문이 범인의 지문을 지워 버린 것인 거라고 합니다. 그런 까닭에 경찰이 애를 먹고 있는 것을 알았기 때문에, 나는 한층 더 신경 써서 조사해 볼 생각이 들었습니다. 그래서 내가 도달한 결론이라는 것은 어떤 것이라고 생각합니까? 그리고 그것을 경찰에 알리기 전에, 그대한테 이야기하러 온 것은 무엇 때문이라고 생각합니까?

그것은 여하튼, 나는 그 사건이 있었던 날부터, 어떤 사실을 깨닫고 있었어요. 그대는 기억하고 있지요? 학생 두 명이 범인 같은 남자의 기모노의 색에 관해 전혀 다른 진술을 한 것을 말이에요. 한 사람은 검다고 하고, 한 사람은 희다고 하는 것입니다. 아무리 사람의 눈이 부정확하다고 해도 정반대의 흑과 백을 착각하는 것은 이상하지 않습니까? 경찰에서는 그것을 어떤 식으로 해석했는지 모르지만, 나는 두 사람의 진술은 둘 다 틀리지 않다고 생각합니다. 그대는 알겠습니까? 그것은 말이지 범인이 백과 흑의 얼룩덜룩한 가로무늬의 기모노를 입고 있었기 때문이에요…. 즉 세로로 된 굵은 줄무늬 유카타 같은 거예요. 자주 여관에서 대여하는 유카타에 있는 것 같은 … 그럼 왜 그것이 한 사람에게는 새하얗게 보이고 다른 한 사람에게는 새까맣게 보였는가 하면 그들은 미닫이 격자의 틈을 통해 보았기 때문에 마침 그 순간 한 사람의 눈이 격자의 틈과 기모노의 하얀 바탕 부분이 일치해서 보이는 위치에 있고, 다른 한 사람의 눈이 검은 바탕의 부분과 일치해서 보이는 위치에 있었기 때문입니다. 이것은 드문 우연인지도 모르지만, 결코 불가능하지 않습니다. 그리고 이 경우 이렇게 생각하는 것 이외에 달리 방법이 없습니다.

그런데 범인 기모노의 줄무늬는 알았습니다만, 이것으로는 단지 수사범위가 축소되었다는 뿐이고 아직 확정적인 것은 아닙니다. 두 번째 논거는 그 전등 스위치의 지문입니다. 나는 아까 이야기한 신문기자인 친구의 도움으로 고바야시 형사에게 부탁해서 그 지문을 ― 그대의 지문이에요 ― 잘 조사해 달라고 부탁했습니다. 그 결과 더욱 내가 생각하고 있는 것이 다르지 않다는 것을 확인했습니다. 그런데 그대, 벼루가 있으면 잠깐 빌려주지 않겠습니까?"

그래서 나는 한 가지 실험을 해 보였다. 먼저 벼루를 빌린다. 나는 오른손 엄지손가락에 얇게 먹을 묵히고, 품에서 꺼낸 반지(半紙)10) 위에 지문을 찍었다. 그리고 그 지문이 마르는 것을 기다리고, 다시 한번 같은 손가락에 먹을 묻혀 먼저 찍은 지문 위에서 이번에는 손가락 방향을 바꾸어 조심스럽게 꽉 눌렀다. 그러자 거기에는 서로 교착된 이중 지문이 확실히 나타났다.

나 "경찰에서는 그대의 지문이 범인 지문 위에 겹쳐서, 그것을 지워 버렸다고 해석하고 있는 것인데, 그러나 그것은 지금 실험으로도 아는 바와 같이 불가능합니다. 아무리 강하게 눌러봤자, 지문이라는 것이 선으로 구성되어 있는 이상, 선과 선 사이에 전의 지문의

---

10) 반지(半紙) : 주로 붓글씨를 연습하는 일본 종이.

흔적이 남는 법입니다. 만일 전후 지문이 완전히 같은 것이고, 날인 방식도 조금도 다르지 않았다고 하면 지문의 각 선이 일치하니까, 어쩌면 나중 지문이 앞의 지문을 감추어 버릴 수도 있겠지만 그런 일은 일단 있을 수 없고 설령 그렇다고 하더라도 이 경우 결론은 바뀌지 않습니다.

그러나 그 전등을 끈 것이 범인이라고 하면, 스위치에 그 지문이 남아 있어야 합니다. 나는 혹시나 경찰에서는 그대의 지문의 선과 선 사이에 남아 있는 앞선 지문을 간과하고 있는 것이 아닌가 하고 생각해서 직접 조사해 보았는데 조금도 그런 흔적이 없는 것입니다. 즉 그 스위치에는 앞선 것이나 나중의 것이나 그대 지문이 찍혀 있을 뿐입니다. -- 어째서 헌책방 사람들의 지문이 남아 있지 않았던지 그것은 잘 알 수 없습니다만, 아마 그 방의 전등은 죽 켜진 채로 있어서 한 번도 끈 적이 없는 것이겠지요.

그대는 이상의 사항은 도대체 무엇을 말하고 있는 것일까요? 나는 이런 식으로 생각해요. 거친 줄무늬의 기모노를 입은 남자 한 사람이 -- 그 남자는 아마 죽은 여자의 어렸을 때부터 친하게 사귄 사람으로 실연이라는 이유 같은 것도 생각되네요 – 헌책방 주인이 야시장을 여는 것을 알고 있었고 그가 집을 비운 사이에 여자를 습격한 것입니다. 소리를 지르거나 저항한 흔적이 없으니, 여자는 그 남자를 잘 알고 있었음에 틀림없습니다. 그리고 감쪽같이 목적을 이룬 남자는 시신의 발견을 늦추기 위해, 전등을 끄고 사라진 것입니다. 그러나 이 남자의 일생일대 실수는 미닫이가 열려 있는 것을 몰랐다는 것, 그리고 놀라서 그것을 닫았을 때 우연히 가게 앞에 있던 학생 두 명에게 모습을 보인 것이었습니다. 그러고 나서 남자는 일단 밖으로 나왔습니다만, 문득 깨달은 것은 전등을 껐을 때 스위치에 지문이 틀림없이 남았다고 하는 것입니다. 이것은 무슨 일이 있어도 지워버리지 않으면 안 됩니다. 그러나 또다시 같은 방법으로 방안에 몰래 들어가는 것은 위험합니다. 그래서 남자는 한 가지 묘안을 생각해냈습니다. 그것은 자신이 살인사건의 발견자가 되는 것입니다. 그렇게 하면 전혀 부자연스럽지도 않고 자기 손으로 전등을 켜고, 이전의 지문에 대한 의심을 없애 버릴 수가 있을 뿐만 아니라, 설마 발견자가 범인일 것이라고는 누구라도 생각하지 않을 테니까요. 이중의 이익이 있는 것입니다. 이렇게 해서 그는 시치미를 떼고 경찰의 일하는 방식을 보고 있었습니다. 대담하게도 증언도 했습니다. 게다가 그 결과는 그가 의도한 대로였습니다. 5일이 지나도 10일이 지나도 아무도 그를 붙잡으러 오는 사람은 없었으니까요."

이 내 이야기를 아케치 고고로(明智小五郎)는 어떤 표정으로 듣고 있었을까? 나는 아마 이야기 도중에 무슨 다른 표정을 짓거나 말참견을 할 것이라고 기대하고 있었다. 그러나 놀랍게도 그의 얼굴에는 아무런 표정도 나타나지 않는 것이다. 원래 평소부터 생각을 얼굴색에 드러내지 않는 성격이었지만 지나치게 태연하다. 그는 시종 바로 그 머리카락이 덥수룩하면서, 꾹 입을 다물고 있다. 나는 한없이 뻔뻔한 남자일까 하고 생각하면서 마지막 논점으로 이야기를 진행했다.

나 "그대는 틀림없이 그럼 그 범인은 어디로 들어가서 어디를 통해 도망쳤는가 하고 반문할 것입니다. 아마 틀림없이 그 점이 분명해지지 않으면, 다른 모든 것을 알아도 아무런 보람이 없으니까요. 그러나 유감이지만 그것도 내가 찾아낸 것이에요. 그 날 밤의 수사 결과에서는 전혀 범인이 나간 흔적이 없는 것처럼 보였습니다. 그러나 살인이 일어난 이상 범인이 출입하지 않았을 리는 없으니까, 형사의 수색에 어딘가 허술한 점이 있었다고 생각하는 것밖에는 다른 방도가 없습니다. 경찰에서도 그것에는 무척 고심한 모양입니다만 불행히도, 그들은 나라고 하는 일개 서생에 미치지 못했던 것이에요.

뭐 실은 시시한 일입니다만 나는 이렇게 생각했습니다. 이렇게까지 경찰이 조사했으니까, 근처 사람들에게 의심할 만한 점은 일단 없을 것이다. 만일 그렇다고 하면 범인은 뭔가 사람 눈에 띄더라도 그것이 범인이라고는 눈치채지 못하는 그런 방법을 취한 것이 아닐까? 그리고 그것을 목격한 사람은 있어도 전혀 문제 삼지 않았던 것은 아닐까 라고요. 즉 인간의 주의력의 맹점 — 우리의 눈에 맹점이 있는 것과 마찬가지로 주의력에도 그것이 있습니다. -- 를 이용해서 마술사가 관람객들 눈앞에서 커다란 물건을 간단히 감추는 것처럼 자기 자신을 감추었는지도 모르니까요. 그래서 제가 주목한 것은 그 헌책방의 한 채 건너 옆에 있는 아사히야(旭屋)라고 하는 메밀국수 가게입니다."

헌책방의 오른쪽으로 시계가게, 과자가게가 늘어서 있고, 왼쪽으로 버선가게, 메밀국수 가게가 늘어서 있다.

나 "나는 거기에 가서 사건 당일 밤 8시경에 화장실을 사용하고 간 남자는 없느냐고 물어보았습니다. 그 아사히야는 그대도 알고 있겠지만 가게로부터 봉당으로 계속되어 있어 부엌 출입구로 통하는 나무 쪽문까지 갈 수 있게 되어 있고 그 나무 쪽문 바로 옆에 화장실이 있으니, 화장실을 빌리는 것처럼 꾸미고, 뒷문을 통해 나가서, 다시 들어오는 것은, 손쉬운 일이이니까요. -- 아이스크림 가게는 골목을 나온 모퉁이에 가게를 내고 있었으니까, 들킬 리는 없습니다. — 계다가 상대가 메밀국수 가게이니 화장실을 빌려서 사용한다는 것이 매우 자연스러운 일이다. 물었더니 그 날 밤은 부인은 부재이고 주인만 가게에 있었다고 하니 안성맞춤인 셈이지요. 그대, 이것은 정말 멋진 착상이 아니겠습니까?

그리고 아나나 다를까 때마침 그때 화장실을 빌려 쓴 손님이 있었습니다. 다만 유감스럽게도 아시히야 주인은 그 남자의 얼굴 모양이라든가 기모노의 줄무늬 등을 조금도 기억하고 있지 않습니다만, ─ 나는 즉시 이 일을 바로 그 친구를 통해 고바야시 형사에게 알려주었습니다. 형사는 직접 메밀국수 가게를 조사한 것 같았습니다만, 더는 아무것도 알지 못했습니다."

나는 잠깐 말을 끊고 아케치에게 발언할 시간을 주었다. 그의 입장은 이때 틀림없이 뭐라고 말하지 않고 있을 수 없을 것이다. 그러나 그는 변함없이 머리를 휘저으면서 완전히 시치미 떼고 있는 것이다. 나는 지금까지 경의를 표하는 의미에서 간접법을 사용하고 있던 것을 직접법으로 바꾸지 않으면 안 되었다.

나 "그대, 아케치 군, 내가 말하는 의미를 알겠지요? 움직일
수 없는 증거가 자네를 가리키고 있는 거예요. 자백
하면 나는 아직 마음속에서는 도저히 자네를 의심할
생각이 들지 않지만 이런 식으로 증거가 갖추어지
면, 아무래도 방법이 없습니다. … 나는 혹시나 그
공동주택 안에 세로로 된 굵은 줄무늬 유카타를 가
지고 있는 사람이 없는가 하고 생각해서 무척 고생
해서 조사해 보았지만 한 사람도 없습니다. 그것도
당연하지요. 같은 굵은 줄무늬 유카타도 그 격자에
일치하는 그런 화려한 것을 입는 사람은 드물기 때
문이니까요. 게다가 지문의 트릭에서도 화장실을 빌
린다고 하는 트릭에서도 실로 교묘하게 자네와 같은
범죄학자가 아니면, 좀 흉내 낼 수 없는 대담한 행위
이에요. 그리고 제일 이상한 것은 그대는 그 죽은 사
람인 부인과와 어릴 적부터 친한 사이라고 하면서도
그 날 밤 그 부인의 신원 조사 같은 것이 있었을 때
옆에서 듣고 있으면서도 전혀 그것을 내세우지 않았
잖습니까?

　그런데 그렇게 되면 유일한 근거는 알리바이의 유

무입니다. 그러나 그것도 소용없어요. 그대는 기억하고 있습니까? 그 날 밤 돌아오는 길에 하쿠바이켄에 올 때까지 자네가 어디까지 있었던가 하는 것을 나는 물었습니다. 자네는 1시간 정도 그 부근을 산책하고 있었다고 대답했지요. 설령 자네의 산책하는 모습을 본 사람이 있다고 치더라도 산책 도중에 메밀국수 가게의 화장실을 빌리거나 하는 것은 흔히 있는 일이니까요. 아케치 군, 내가 하는 말이 틀렸습니까? 어떻습니까? 만일 가능하면 자네의 변명을 들어보지 않겠습니까?"

독자 여러분, 제가 이렇게 말하며 따지고 덤볐을 때 기인(奇人) 아케치 고고로(明智小五郎)는 무엇을 했다고 생각합니까? 재미없게 부복하고 말았다고 라도 생각하는 것입니까? 천만의 말씀, 그는 전혀 의외의 방식으로 제 간담을 서늘하게 했습니다. 그 이유는 그는 갑자기 껄껄 웃음을 터트렸습니다.

아케치는 변명하듯이 말했다.

아케치 "아니, 이거 실례했군. 결코 웃을 생각은 아니었지만 그대가 너무 진지하기 때문에. 그대의 생각은 상당히 재미있습니다. 나는 그대와 같은 친구를 찾은 것을 기쁘게 생각합니다. 그러나 애석하게도 그대의 추리는 지나치게 외면적으로 그리고 물질적이에요. 예를 들어 말이지요, 나와 그녀의 관계에 관해서도 그대는 내 친구가 어떤 식으로 어렸을 때 친한 사이였는가 하는 것을 내면적으로 심리적으로 조사해 보았습니까? 내가 이전에 그 여자와 연애 관계가 있었는지 어떤지. 또 실제로 그녀를 원망하고 있는지 어떤지. 그대에게는 그 정도의 일을 추찰할 수 없었습니까? 그 날 밤 왜 그녀를 알고 있는 것을 말하지 않았는가, 그 이유는 간단해요. 나는 아무것도 참고가 되는 그런 사항을 알지 못했습니다. 나는 아직 초등학교에 들어가기 전쯤에 그녀와 이미 헤어졌으니까요. 하긴 최근 우연히 그것을 알고 두세 번 대화한 적은 있지만."

나 "그럼 예를 들어 지문에 관해서는 어떤 식으로 생각하면 될까요?"

아케치 "그대는 내가 그때부터 아무것도 안 하고 있었다고 생각하는 것입니까? 나도 이래 봬도 꽤 일을 했어요. D비탈길은 매일 서성거리고 있었어요. 특히 헌책방에는 자주 갔습니다. 그리고 주인을 붙들고 여러 가지 탐색했습니다. — 상대방의 부인을 알았던 사실은 그때 털어놓았습니다만, 그것이 오히려 편해졌어요. — 그대가 신문기자를 통해 경찰의 수사 상황을 안 것처럼 나는 그 헌책방 주인으로부터 그것을 캐물어서 알아냈습니다. 지금의 지문에 관해서도 바로 알았으니까, 나도 기묘하게 생각해서 조사해 보았습니다만, 하하…, 우스갯소리입니다. 전구 선이 끊어져 있었습니다. 아무도 끄지는 않았어요. 내가 스위치를 비틀어서, 불이 켜졌다고 생각하는 것은 잘못이고 그때 당황해서 전등을 움직여서, 일단 끊어진 텅스텐 전구가 연결된 것이에요. 스위치에 내 지문밖에 없었던 것은 당연합니다. 그 날 밤 그대는 미닫이의 틈을 통해 전등이 켜져 있는 것을 봤다고 말했지요. 그렇다면 전구가 끊어진 것은 그 이후입니다. 오래된 전구는 어떻게 하지 않아도 저절로 끊어지는 일이 있으니까요. 그리고 범인의 기모노 색에 관해서는 이것은 내가 설명하는 것보다도 … "

그는 그렇게 말하고 자기 주변에 있는 서책의 산을 여기 저기 뒤지고 있었는데 이윽고 낡아빠진 양서 한 권을 찾아내서 들고 왔다.

아케치 "그대는 이것을 읽은 적이 있습니까? 휴고 뮌스터버 그의 『심리학과 범죄』라는 책인데, 이 『착각』이라는 장(章)의 서두 부분을 열 줄 정도 읽어보세요."

나는 그의 자신만만한 이야기를 듣고 있는 동안에 점점 자신의 실패를 의식하기 시작했다. 그래서 그가 말하는 대로 그 서책을 받아 읽어보았다. 거기에는 대략 다음과 같이 것이 쓰여 있었다.

이전에 자동차 범죄 사고가 한 건 있었다. 법정에서 진실만을 진술하겠다는 뜻을 선서한 증인 중의 한 사람은 문제의 도로는 매우 건조해서 먼지가 일고 있었다고 주장하고, 다른 증인은 비가 와서 도로는 질퍽거렸다고 맹세했다. 한 사람은 문제의 자동차는 서행하고 있었다고도 하고, 다른 한 사람은 그처럼 빨리 달린 자동차를 본 적이 없다고 진술했다. 또 전자는, 그 시골길에는 두서 사람밖에 없었다고 하고, 후자는 남자와 여자와 어린의 지나가는 사람들이 많이 있었다고 진술했다. 이 두 증인은 모두 존

경할 만한 신사로 사실을 왜곡해서 주장했다고 해도 아무런 이
익을 얻을 수 없는 사람들이었다.

내가 그것을 다 읽는 것을 기다려서 아케치는 다시 책 페
이지를 넘기면서 말했다.

아케치 "그것은 실제 있었던 일인데, 이번에는 이 『증인의
　　　　기억』이라는 장이 있지요? 그 중간쯤에 미리 계획하
　　　　고 실험한 이야기가 있어요. 마침 기모노의 색에 관
　　　　한 것이 나왔으니까 귀찮겠지만, 잠깐 읽고 보세요."
　　　그것은 다음과 같은 기록이었다.

(전략)한 가지 예를 들면 재작년(이 서책의 출판은 1911년) 괴
팅겐에서 법률가, 심리학자 및 물리학자로 구성되는 어떤 학술
집회가 개최된 적이 있다. 따라서 거기에 모인 사람은 모두 면밀
한 관찰에 숙련된 사람들뿐이었다. 그 도시에는 마치 카니발의
흥청거리는 소란이 벌어지고 있었지만, 갑자기 이 학술적인 모
임이 한창 진행되고 있을 때, 문이 열리고 현란한 의상을 걸친
익살꾼 한 사람이 미친 듯이 뛰어들었다. 보니 그 뒤에서 흑인
한 명이 손에 총을 들고 뒤쫓아 오는 것이다. 홀 한가운데에서
그들은 (반쪽, 또는 소매 하나를) 무늬가 다르게 한 일본 옷에

무시무시한 말로 서로 고함쳤는데 이윽고 익살꾼 쪽이 푹 바닥에 쓰러지자, 흑인은 그 위에 달려들었다. 그리고 탕하고 총소리가 났다. 그리고 그들은 두 사람 모두 감쪽같이 방을 나가 버렸다. 전체 사건이 20초도 채 걸리지 않았다. 사람들은 물론 몹시 놀랐다. 좌장 이외에는 누구 하나 그들 말과 언동이 미리 예습되어 있던 것, 그 광경이 사진에 찍힌 것 등을 깨달은 사람은 없었다. 그런데 좌장이 이것은 얼마 안 있어 법정에 제출될 문제라고 하며, 회원 각자에게 정확한 기록을 쓸 것을 부탁한 것은 극히 자연스럽게 보였다. (중략, 요전에 그들 기록이 얼마나 잘못으로 가득 차 있는지 백분율로 기록되어 있다) 흑인이 머리에 아무것도 쓰지 않은 것을 맞춘 것은 40명 중에서 단 4명뿐이고, 다른 사람들은 중산모자를 쓰고 있었다고 쓴 것도 있거니와, 실크해트(silk hat)였다고 쓰는 것도 있다고 하는 형국이었다. 옷에 관해서도 어떤 자는 빨간색이라고 하고, 어떤 자는 다갈색이라고 하고, 어떤 자는 줄무늬라고 하고, 어떤 자는 커피색이라고 하고, 기타 각양각색의 색조가 그들 때문에 설명되었다. 그런데 흑인은 실제로는 흰 바지에 검은 상의를 입고 커다란 빨간 넥타이를 매고 있었다. (후략)

아케치 "휴고 뮌스터버그가 슬기롭게 설파한 대로 인간의
　　　　　관찰이나 인간의 기억 같은 것은 실은 믿을 수 없는

것입니다. 이 예에 있는 그런 학자들조차 옷의 색깔을 분간할 수 없었습니다. 내가 그 날 밤의 학생들이 기모노의 색을 잘못 보았다고 생각하는 것은 무리일까요? 그들은 어떤 사람인가 보았는지도 모릅니다. 그러나 그 사람은 세로로 된 굵은 줄무늬의 기모노 같은 것을 입고 있지 않았을 터입니다. 물론 저는 아닙니다. 격자 틈에서 굵은 줄무늬의 유카타를 생각해낸 그대의 착안은 상당히 재미있기는 재미있지만, 너무 지나치게 십상이지 않습니까? 적어도 그런 우연의 부합을 믿는 것보다는 그대는 내 결백을 믿어줄 수는 없을까요? 그럼 마지막으로 메밀국수 가게의 화장실을 빌린 남자에 관한 것인데, 이 점은 나도 그대와 같은 생각이었습니다. 아무래도 그 아사히 가게의 밖에 범인의 통로는 없다고 생각했어요. 그런데 나도 거기에 가서 조사해 보았습니다만, 그 결과는 유감이지만 그대와 정반대의 결론에 도달했습니다. 실제로 화장실을 빌린 남자는 없었어요."

독자도 이미 알아차리셨겠지만, 아케치는 이렇게 증인의

진술을 부정하고, 범인의 지문을 부정하고, 범인의 통로조차 부정하며, 자기 무죄를 입증하려고 하고 있는데, 그러나 그것과 동시에 범죄 그 자체를 부정하게 되지는 않을까? 나는 그가 무엇을 생각하고 있는지 전혀 몰랐다.

나 "그런데 그대는 범인에 관해 짐작되는 것이 있습니까?"
그는 머리를 더부룩이 하면서 대답했다.

아케치 "짐작이 됩니다. 내 방식은 그대와는 조금 다릅니다. 물질적인 증거 같은 건 해석 여하에 따라 어떻게든 되는 법이에요. 가장 좋은 탐정 방법은 심리적으로 사람의 속마음을 간파하는 것입니다. 그러나 이것은 탐정 자신의 능력의 문제이지만. 여하튼 나는 이번에는 그런 방면에 중점을 두고 해 보았습니다.
처음에 내 주의를 끈 것은 헌책방 아내의 온몸에 어떤 새 상처가 있었다는 점입니다. 그러고 나서 얼마 후 나는 메밀국수 가게의 부인 몸에도 같은 새 상처가 있는 것을 주워들었습니다. 이것은 그대도 알고 있겠지요. 그러나 그녀들의 남편은 그런 난폭한 사람들도 아닌 것 같습니다. 헌책방도 메밀국수 가게

68

도 얌전하게 보이는 사물의 이치를 잘 아는 남자이니까요. 나는 어쩐지 거기에 어떤 비밀이 숨어 있는 것은 아닌가 하고 의심하지 않을 수 없었습니다. 그래서 나는 먼저 헌책방의 주인을 붙들어서 그 사람 입을 통해 그 비밀을 알아내려고 했습니다. 내가 죽은 부인의 지인이라고 해서 그도 다소 경계심을 풀고 있었으니까, 그것은 비교적 쉽게 진행되었습니다. 그리고 어떤 이상한 사실을 캐물어 알아낼 수 있었습니다. 그런데 이번에는 메밀국수 가게의 주인인데 그는 그렇게 보여도 상당히 야무진 남자라서, 알아내는 데에 상당히 고생했습니다. 그래도 나는 어떤 방법에 의해 목적한 대로 성공을 거두었습니다. 그대는 심리학적 연상 진단법이 범죄 수사 방면에도 이용되기 시작한 것을 알고 있지요? 많은 간단한 자극이 되는 단어를 주고, 그것에 대한 혐의자의 관념 연합의 지속을 재는 바로 그 방법입니다. 그러나 그것은 반드시 심리학자가 말하는 것처럼 개라든가 집이라든가 강이라든가 간단한 자극어에 한정되지 않고, 그리고 또 항상 크로노스코프(chronoscope)[11]의

도움을 빌릴 필요도 없다고 나는 생각해요. 연상 진단의 요령을 터득한 사람에게는 그런 형식은 그다지 필요하지 않습니다. 그것이 증거로 옛날의 명 재판관이라든가 명탐정이라고 불리는 사람은 심리학이 오늘날처럼 발달하기 이전부터 오직 그들의 천품(天稟)12)에 의해 부지불식간에 이 심리적 방법을 실행하고 있지 않았습니까? 오오카에치젠노카미(大岡越前守)13) 등도 확실히 그런 사람 중의 한 사람이에요. 소설로 말하면 에드거 앨런 포(Edgar Allan Poe)의 『모르그 가(街)의 살인』의 시작 부분에 뒤팽이 친구의 몸 움직임 하나로 그 마음에서 생각하고 있는 것을 알아맞히는 데가 있지요. 도일(Doyle, Arthur Conan)도 이것을 흉내 내서 『(장기) 입원환자』 속에서 홈즈에게 같은 추리를 하게 만들지만, 이들은 모두 어떤 의미의 연상 진단이니까요. 심리학자의 각

---

11) 크로노스코프(chronoscope) : 0.001초 단위까지 잴 수 있는 시계.

12) 천품(天稟) : 타고난 기품. 천자(天資).

13) 오오카에치젠노카미(大岡越前守) : 일본 에도(江戸) 시대 중기의 명 재판관으로 알려진 에도의 행정관.

종 기계적인 방법은 그냥 이런 천품의 통찰력을 지니지 않는 범인을 위해 만들어진 것에 지나지 않습니다. 이야기가 옆으로 샜습니다만, 나는 그런 의미에서 메밀국수 가게의 주인에 대해 일종의 연상 진단을 행했습니다. 나는 그에게 여러 가지 이야기를 적극적으로 했습니다. 그것도 극히 시시한 일상적인 이야기를 말이지. 그리고 그의 심리적 반응을 연구했습니다. 그러나 이것은 대단히 섬세한 마음의 문제로 게다가 상당히 복잡해서 자세한 것은 조만간 천천히 이야기하기로 하고, 여하튼 그 결과 나는 하나의 확신에 도달했습니다. 즉 범인을 알아낸 것입니다.

그러나 물질적 증거라는 것은 하나도 없습니다. 따라서 경찰에 이야기할 수도 없습니다. 좋아. 이야기해도 아마 사건으로 채택해 주지 않겠지요. 게다가 내가 범인을 알면서도, 수수방관하고 있는 또 하나의 이유는 이 범죄에는 전혀 악의가 없었다는 점입니다. 이상한 말투이지만, 이 살인사건은 범인과 피

71

해자가 서로 동의하고 행해진 것입니다. 아니, 어쩌면 피해자 자신의 희망에 의해 이루어졌는지도 모릅니다."

　나는 여러 가지 상상을 해 보았지만, 도무지 그가 생각하고 있는 것을 이해하기 어려웠다. 자신의 실패를 부끄러워하는 것을 잊고, 그의 이 괴상하고 기이한 추리에 귀를 기울였다.

아케치 "그런데 내 생각을 말하면, 살인자는 아사히 가게의 주인입니다. 그는 범죄의 흔적을 없애기 위해 그런 화장실을 빌린 남자 이야기를 한 것입니다. 아니, 그러나 그것은 뭐 그의 창안도 아무것도 아니다. 우리가 나쁜 것입니다. 그대도 나도 그런 남자가 없었다고, 이쪽에서 질문을 준비해서 그를 교사한 것 같은 것이니까. 게다가 그는 우리를 형사나 뭔가라고 오해한 것입니다. 그럼 그는 왜 살인죄를 저질렀는가. … 나는 이 사건에 의해 겉으로는 매우 아무렇지도 않게 보이는, 이 세상의 이면에 얼마나 의외의 어둡고 끔찍한 비밀이 감추어져 있다는 것을 똑똑히 보게 되었다는 생각이 듭니다. 그것은 실로 그 악몽의 세계에서만 발견할 수 있는 종류의 것이었습니다.

아사히 가게 주인이라는 사람은 서드 경(卿)의 혈통을 이은 잔인하고 포학한 색정을 지닌 사람으로 이 얼마나 운명의 장난일까요? 한 채 건너 옆에 여자의 마조흐(피학색정자)을 발견한 것입니다. 헌책방의 부인은 그에게 뒤지지 않는 피학색정자(被虐色情者)[14]이었던 것입니다. 그리고 그들은 그런 병자에게 특유의 기묘함으로 누구에게도 들키지 않게 간통하고 있었던 것입니다. … 그대는 내가 합의의 살인이라고 한 의미를 알지요? … 그들은 최근까지 각자 정당한 남편과 처에 의해 그 병적인 욕망을 간신히 충족시키고 있었습니다. 헌책방의 부인한테도 아사히 집의 부인한테도 똑같은 새 상처가 있던 것은 그 증거입니다. 그러나 그들이 그것에 만족하지 않았던 것은 말할 필요도 없습니다. 따라서 엎드리면 코가 닿을 근처에 서로 찾고 있는 인간을 발견했을 때 그

---

14) 자허마조흐(레오폴트 폰 자허마조흐) : 오스트리아의 소설가이자 언론인으로 마조히즘이라는 용어는 그에게서 유래되었다.

들 사이에 대단히 민첩한 양해가 성립한 것은 상상하기 어렵지 않습니까? 그러나 그 결과는 운명의 장난이 지나쳤던 것입니다. 그들의 수동적 힘과 능동적인 힘의 합성에 의해, 미치광이 같은 행위가 점차 배가되어 갔습니다. 그리고 드디어 그 날 밤, 바로 이 그들도 결코 원하지 않았던 사건을 일으키고 말았던 셈입니다 …."

나는 아케치의 이 이상한 결론을 듣고, 나도 모르게 몸서리쳤다. 이건 정말 무슨 말도 안 되는 사건인가?

그때 아래층 담뱃가게 아주머니가 석간을 가지고 왔다. 아케치는 그것을 받아 사회면을 보고 있었는데, 얼마 후 가만히 한숨을 쉬며 말했다.

아케치 "아, 결국 끝까지 견디지 못한 듯 자수했습니다. 묘한 우연이네요. 마침 그것을 이야기하고 있을 때 이런 보도에 접하다니."

나는 그가 가리키는 곳을 보았다. 거기에는 작은 표제어로 10줄 정도 메밀국수 가게의 주인이 자수한 취지가 적혀 있었다.

빨간 방 赤い部屋

주요 등장인물

저(私) : 소설에서 이야기를 전개해 나가는 사람. '빨간 방' 모임에서 T의
　　　이야기를 듣는다.

T : '빨간 방' 모임의 신입회원. 인생에서 따분함을 느껴, '빨간 방' 모임에서
　　다른 회원들에게 자신의 과거를 폭로한다.

여자 사환 " '빨간 방' 모임의 아래층에 있는, 레스토랑의 종업원.

　　이상한 흥분을 찾아 모인 짐짓 점잔 빼는 일곱 명의 남자
가 -- 나도 그중의 한 사람이었다 -- 일부러 그를 위해 꾸민
'빨간 방'의 심홍색 비로드로 붙인 깊숙한 안락의자에 푹 기
대고, 오늘 밤의 화자가 어떤 일이나 괴이한 이야기를 하기
시작하는 것을 이제나저제나 하고 기다리고 있었다.

　　일곱 명의 한 가운데에는 이것도 심홍색의 비로드로 덮
인 하나의 커다란 둥근 탁자 위에 고풍스러운 조각이 있는

촛대에 꽂힌 두꺼운 초가 3자루가 하늘하늘 희미하게 흔들리며 타고 있었다.

방의 사방에는 창과 입구 문도 남기지 않고, 천장에서 바닥까지 새빨간 묵직한 장막이 많은 주름을 만들며 걸려 있었다. 로맨틱한 촛불이 그 정맥에서 막 흘러나온 피같이 거무칙칙한 색을 한 장막 표면에 우리 일곱 명의 이상하게 커다란 그림자를 비추고 있었다. 그리고 그 그림자는 초의 불길에 따라 몇 개의 거대한 곤충이기도 한 것처럼 장막의 주름의 곡선 위를 늘어나거나 줄어들거나 하면서 기어 다니고 있었다.

여느 때처럼 그 방은 나를 마치 터무니없이 커다란 생물의 심장 속에 앉아 있기라도 하는 그런 기분으로 만들었다. 내게는 그 심장이 크기에 맞는 느린 속도로 두근두근 맥이 뛰는 소리마저 느껴지는 것처럼 생각되었다.

아무도 말을 안 했다. 나는 초를 통해 맞은편에 앉은 사람들의 검붉게 보이는 그림자가 많은 얼굴을 이렇다 할 것도 없이 그냥 응시하고 있었다. 이들 얼굴은 이상하게도 노가쿠(能楽)[1])에 쓰는 탈처럼 무표정하게 미동조차 하지 않는

76

것처럼 생각되었다.

이윽고 오늘 밤의 화자로 정해져 있던 신입회원 T씨는 앉은 채로 가만히 촛불을 응시하면서, 다음과 같이 이야기하기 시작했다. 나는 음영의 정도에 따라 해골처럼 보이는 그의 턱이 말할 때마다 어쩐지 쓸쓸하게 어우러지는 모습을, 기괴한 기계 장치의 사람처럼 만든 사람과 같은 크기의 인형이라도 보는 것 같은 기분으로 바라다보고 있었다.

저는 제 딴에는 틀림없이 정신 상태가 정상이었고, 사람들도 또한 그와 같이 취급해 주었지만, 사실 전혀 정상인지 어떤지 알 수 없습니다. 미친 사람인지도 모릅니다. 그 정도는 아니라도 하더라도, 어떤 부류의 정신병자와 같은 것인지도 모릅니다. 아무튼 저라는 인간은 이상할 정도로 이 세상이 재미없습니다. 살아 있다고 하는 것이 이제는 정말 따분하고 지루해서 참을 수가 없습니다.

처음에는 하지만 남들과 마찬가지로 여러 가지 도락에 빠진 시절도 있었습니다만, 그것이 뭐 하나 저의 타고난 무

---

1) 노가쿠(能樂) : 일본의 전통 예능이며, 노(能)와 교겐(狂言)을 포함하는 총칭이다. 중요 무형 문화재로 지정되어 있고, 유네스코 무형문화유산에 등록되어 있다.

료를 위로해 주지는 않고, 오히려 이제 이것으로 세상의 재미있다고 하는 것은 다 끝났다, 뭐야? 시시하다고 하는 실망만이 남는 것이었습니다. 그래서 점점 나는 무엇을 하는 것이 귀찮아졌습니다. 예를 들어 이러이러한 유흥은 재미있다, 틀림없이 너를 기쁘게 해서 어찌할 바를 모르게 해 줄 것이라는 이야기를 듣게 되면, 어, 그런 것이 있었나? 그럼 당장 해보겠다는 생각이 드는 대신에 먼저 머릿속에서 그 재미를 여러 가지로 상상해 보는 것입니다. 그리고 실컷 이리저리 상상한 결과는 항상 "뭐 별 거 아니네."라고 얕보고 마는 것입니다.

그런 식으로, 한때 저는 문자 그대로 아무것도 안 하고 그냥 밥을 먹거나 일어나거나 자기만 하는 날을 보내고 있었습니다. 그리고 머릿속에서만 여러 가지 공상을 이리저리 상상하고는 이것도 시시하다, 저것도 따분하다고, 닥치는 대로 마구 깎아내리면서, 죽은 것보다도 괴로운 그래도 남의 눈에는 더할 나위 없이 근심이 없고 편안한 생활을 보내고 있었습니다.

이것이 내가 하루하루의 빵에 쫓기는 그런 처지였다면, 오히려 좋았을 것입니다. 설사 강요당한 노동이든 여하튼 무엇인가를 하는 일이 있으면 행복합니다. 그렇지 않으면 또 내가 특출한 큰 부자였다고 하면, 더 좋았을지도 모릅니다. 나는 필시 그 거금의 힘으로 역사상의 폭군들이 한 것 같은 멋진 호사나 피비린내 나는 유희나 그 밖의 갖가지 즐거움에 빠질 수가 있었겠지만, 물론 그것도 이루어질 수 없는 소원이라고 하면, 나는 정말 발로 그 옛날이야기에 있는 게으름뱅이처럼 차라리 죽어 버리는 쪽이 나을 정도로 적적하고 울적한 나날을 그냥 가만히 보낼 수밖에 없었습니다.

이런 식으로 말씀드리면 여러분은 필히 "그럴 거야, 그럴 거야, 그러나 세상만사에 몹시 지겨워하고 있는 점에서 우리도 결코 너에게 뒤지지 않는다. 그러므로 이런 클럽을 만들어 어떻게든 이상한 흥분을 찾으려고 하고 있는 것은 아닌가? 너도 꽤나 따분하기 때문에 지금 우리 동아리에 들어온 것이다. 그것은 정말 네가 지겨워하고 있는 것은, 새삼스레 듣지 않아도 잘 알고 있다."라고 말씀하실 것입니다. 정말 그렇습니다. 나는 일부러 장황하게 따분함을 설명할 필요는 없었습니다. 그리고 여러분들께서 그렇게 무료가 어떤 것인가를 잘 알고 계신다고 생각하기에, 저는 오늘밤 이 자리에 참가해 저의 이상한 신상 이야기를 말씀드리려고 결심했습니다.

저는 이 아래층 레스토랑에는 자주 출입하고 있어서 자연히 여기에 오시는 부군과도 마음 편히 꽤 이전부터 이 '빨간 방'의 모임에 관해 들어서 알고 있을 뿐만 아니라, 한두 번이 아니고 여러 차례 가입을 권유도 받은 적도 있었습니다. 그럼에도 불구하고 그런 이야기에는 두말없이 달려들 것 같은 따분한 사람인 제가 오늘까지 입회하지 않았던 것은 제가 결례되는 주장일지도 모르겠습니다만, 여러분 같은 분과 비교가 안 될 정도로 몹시 지겨워하고 있었기 때문입니다. 지나치게 지겨워하고 있었기 때문입니다.

범죄와 탐정의 유희입니까? 강령술(降靈術)[2] 기타 심령 심령상의 각종 실험입니까? 오브신 픽처(Obscene Picture)[3]

---

2) 강령술(降靈術) : 영혼을 인간 세상에 내려오게 하는 방법. 영어 necromancy는 라틴어 necromantia에서 유래되었고, 이것은 고대 그리스어 $\nu\epsilon\kappa\rho o\mu\alpha\nu\tau\epsilon i\alpha$(nekromanteía)에서 기원한다.

의 활동사진이나 실제 연기나 기타 관능적인 유희입니까? 형무소나 간질병원이나 해부학 교실 등의 참관입니까? 아직도 그런 것에 다소라도 흥미를 가질 수 있는 여러분들은 행복합니다. 저는 여러분께서 사형 집행을 틈으로 들여다보는 것을 기획하고 계신다고 들었을 때조차 조금도 놀라지는 않았습니다. 그 이유는 저는 부군으로부터 그 이야기가 있었을 무렵에는 이미 그런 흔한 자극에는 아주 신물이 났을 뿐만 아니라, 어떤 정말 멋진 유희라고 해서는 조금 어쩐지 무서운 생각이 듭니다만, 저로서는 유희라고 해도 하나의 일을 발견해서 그 즐거움에 열중하기 때문입니다.

그 유희라는 것은 갑자기 말씀드리면, 여러분께서는 깜짝 놀라실지도 모릅니다만, … 사람을 죽이는 것입니다. 진짜 살인입니다. 게다가 저는 그 유희를 발견하고 나서 오늘까지 백 명에 가까운 남자와 여자, 아이의 목숨을 그냥 지루함을 잊기 위한 목적을 위해서만 빼앗아온 것입니다. 여러분께서는 그럼 제가 지금 그 무서운 죄악을 회개하고, 참

---

3) 오브신 픽처(Obscene Picture) : 외설적인 그림, 사진. 춘화, 도색 사진 등.

회하는 이야기를 하려고 하는가 하고, 지레짐작하실지도 모르겠습니다만, 그러나 결코 그렇지 않습니다. 저는 조금도 회개 같은 것은 하고 있지는 않습니다. 저지른 죄를 두려워하지도 않습니다. 그러기는커녕, 아, 뭐라고 할까요? 저는 요즘이 되어 그 살인이라는 피비린내 나는 자극에도 이제 몹시 질리고 말았습니다. 그리고 이번에는 남이 아니고 자기 자신을 죽이는 그런 일에 그 아편의 끽연에 빠지기 시작했습니다. 역시 이것만은 그런 저에게도 목숨은 아까운 것 같아서 참고 또 참으며 지내왔습니다만, 사람을 죽이는 것마저 물리면 이제 자살이라도 꾀하는 것 이외에는 다른 자극을 찾을 방도가 없지 않겠습니까? 저는 얼마 후 머지않아 아편의 독 때문에 목숨을 잃게 되겠지요. 그렇게 생각하면 적어도 맥락이 통하는 이야기가 만들어지는 동안, 저는 누군가에게 제가 해온 일을 털어놓고 싶습니다. 이것은 바로 이 '빨간 방'의 여러분들이 가장 적합하지 않을까요?

그런 연유로 저는 실은 여러분의 동아리가 되고 싶은 것이 아니라, 그저 저의 이상한 신상 이야기를 들어 달라고 부탁하기 위해, 회원의 한 사람으로 들어온 것입니다. 그리고 다행히도 신입회원은 반드시 첫날밤에 무엇인가 모임의 취지에 부합하는 그런 이야기를 해야 하는 규칙이 있어서, 이렇게 오늘밤 제 소망을 이루는 기회를 잡을 수가 있게 된 셈입니다.

그것은 지금부터 대략 3년 정도 이전의 일이었습니다. 그 무렵은 지금도 말씀드리는 것처럼 모든 자극에 몹시 질려 아무런 사는 보람도 없이 마치 한 마리의 무료라는 이름을 지닌 동물이라도 된 것처럼 빈둥빈둥하며 날을 보내고 있습니다만, 그해 봄에, 이라고 해도 아직 추운 시절이었기 때문에, 아마 2월 말이나, 3월 초 무렵이었을 것입니다. 어느 날 저는 하나의 묘한 사건에 부딪혔습니다. 제가 백 명이 되는 목숨을 뺏게 된 것은 실은 그 날 밤의 사건이 동기를 부여하고 있던 것입니다.

어딘가에서 밤을 새운 저는 벌써 1시쯤이었을까? 조금 술에 취했다고 생각합니다. 추운 밤인데 어슬렁어슬렁하며 차도 안 타고 집으로 돌아오고 있었습니다. 골목을 하나 더 돌면 1정(町)⁴⁾ 정도 떨어진 곳이 제집이라고 하는, 그 골목

---

4) 정(町) : 거리의 단위로 1정은 60간(間)에 해당한다.

을 무심코 훌쩍 돌자, 그 순간에 한 남자가 뭔가 허둥지둥하고 있는 모습으로 당황하며 이쪽으로 다가오는 것과 딱 부딪쳤습니다. 저도 놀랐습니다만, 그 남자가 더욱 놀란 듯, 잠시 말없이 우두커니 서 있었습니다. 희미한 가로등불로 제 모습을 알아차리자 갑자기 "이 부근에 의사는 없느냐?"고 묻는 것이 아닙니까? 잘 들어보니 그 남자는 자동차 운전수인데, 지금 그 근처에서 한 노인을 -- 이런 한밤중에 혼자서 서성거리고 있던 것을 보니 아마 부랑자였겠지요. -- 치어 쓰러뜨려 큰 상처를 입혔다고 합니다. 정말 듣고 보니 바로 2, 3간(間)[5] 건너편에 자동차 1대가 서 있고, 그 옆에 사람 같은 것이 쓰러져서 끙끙 희미하게 신음하고 있습니다. 파출소라고 해도, 꽤 멀리 있고 더구나 부상자의 고통이 심해서 운전수는 우선 먼저 의사를 찾으려고 한 것임에 틀림없습니다.

저는 그 부근의 지리는 자택 근처이고 의원의 소재 등도 잘 분간하고 있어서 즉시 이렇게 가르쳐주었습니다.

---

5) 간(間) : 길이의 단위로 6척(尺)에 해당하며, 약 1.818미터.

"여기를 왼쪽으로 2정(町) 정도 가면, 왼쪽에 빨간 헌등 (軒燈)[6]이 켜진 집이 있다. M의원이라고 한다. 거기로 가서 문을 두드려서 깨우면 될 것이다."

그러자 운전수는 곧바로 조수에게 돕게 하고, 부상자를 그 M의원 쪽으로 옮겨 갔습니다. 저는 그들의 뒷모습이 어둠 속으로 사라질 때까지 그것을 지켜보고 있었습니다만, 이런 일에 말려들어도 재미없다고 생각해서 이윽고 집에 돌아와서 -- 저는 독신입니다. -- 할멈이 깔아 준 잠자리에 들어가서 술에 취했기 때문이지요, 전에 없이 금방 잠들어 버렸습니다.

실제로는 아무것도 아닌 일입니다. 만일 제가 그대로 그 사건을 잊어버리기라도 있었으면, 그것으로 끝나는 이야기이었습니다. 그러나 이튿날 눈을 떴을 때, 저는 지난밤의 사소한 사건을 아직 기억하고 있습니다. 그리고 그 다친 사람은 목숨을 구했는지 등 필요도 없는 일까지 생각하기 시작한 것이다. 그러자 저는 문득 이상한 것을 생각해냈습니다.

"어, 나는 큰 잘못을 하고 말았다."

---

6) 헌등(軒燈) : 처마에 다는 등.

저는 깜짝 놀랐습니다. 아무리 술에 취했다고 하나 결코 제 정신을 잃은 것은 아닌데, 나답지도 않게 뭐라고 생각하고, 그 다친 사람을 M의원 등에 실려 가게 한 것일까?

"여기를 왼쪽으로 2정(町) 정도 가면, 왼쪽에 빨간 헌등(軒燈)이 켜진 집이 있다 …"

그때의 말도 완전히 기억하고 있습니다. 왜 그 대신,

"여기를 오른쪽으로 1정(町) 정도 가면, K병원이라는 외과 전문 의사가 있다."
라고 말하지 않았을까? 제가 가르쳐 준 M이라는 데는, 소문난 돌팔이 의사로 게다가 외과 쪽은 할 수 있을지 어떨지 의심스러웠을 정도입니다. 그러나 M과는 반대 방향으로 M보다는 더 가까운 곳에 훌륭한 설비를 갖추고 있는 K라고 하는 외과 병원이 있지 않습니까? 물론 저는 그것을 잘 알고 있었을 것입니다. 알고 있었는데 왜 틀리게 가르쳐주었는가? 그때의 이상한 심리상태는 지금에 와서도 아직도 잘 모르겠습니다만, 아마 까맣게 잊어버렸다고 한 것일까요?

저는 조금 걱정이 되기 시작해서 할멈에게 슬며시 근처

소문 등을 알아보게 했더니, 아무래도 다친 사람은 M의원의 진찰실에서 죽은 것 같습니다. 어떤 의사라도 그런 다친 사람이 실려 오는 것은 싫어하는 법입니다. 하물며 한밤중 1시라고 하니, 무리도 아닙니다만, M의원에서는 아무리 문을 두드려도, 어쩌고 저쩌고 하며 좀처럼 열어 주지 않았던 것 같습니다. 실컷 시간이 걸리게 한 끝에, 간신히 다친 사람을 병원에 옮겼을 때는 이미 상당히 때를 놓치게 된 것이 틀림없습니다. 하지만 그때 만일 M의원의 주인이 "나는 전문의가 아니니까, 근처의 K병원으로 데리고 가라." 고 지시를 했다면, 어쩌면 다친 사람은 살았을지도 모르겠습니다만, 무슨 놈의 턱없는 짓을 한 것일까요? 그는 직접 그 고치기 힘든 환자를 처리하려고 한 것 같습니다. 그렇게 해서 실패한 것입니다. 잘은 모르지만 뭐 소문에 의하면, M씨는 갈팡질팡하고 부당하게 오랫동안 다친 사람을 들쑤시고 있었다고 합니다.

저는 그것을 듣고 왠지 모르게 이렇게 이상한 기분이 들고 말았습니다.

이 경우 불쌍한 노인을 죽인 것은 과연 어떤 사람일까요?

자동차 운전수와 M의사 모두 각자 책임이 있는 것은 말할 나위도 없습니다. 그리고 거기에 법률상의 처벌이 있다고 하면, 그것은 아마 운전수의 과실에 대해 이루어지겠지만, 사실상 중대한 책임자는 바로 저인 것은 아닐까요? 만일 그때 제가 M의원이 아니고, K병원을 가르쳐 주었다면, 약간의 실수도 없이 다친 사람은 살았을지도 모릅니다. 운전수는 단지 부상을 입힌 것뿐입니다. 죽인 것은 아닙니다. M의사는 의술상의 기량이 뒤떨어져 있어서 실패한 것이니까, 이것도 반드시 책망할 데가 없습니다. 좋아! 또 그에게 책임지어야 할 점이 있다고 하더라도 그 원인을 따지고 보면, 제가 적절치 못한 M의원을 가르쳐준 것이 잘못입니다. 즉 그때의 제 지시 내용에 따라 노인을 살릴 수도 죽일 수도 있었던 셈입니다. 그것은 부상을 입힌 사람은 아무리 해도 운전수겠지요. 하지만 죽인 사람은 바로 저이었지 아닐까요?

이것은 제 지시가 참으로 우연의 과실이었다고 생각한 경우입니다만, 만일 그것이 과실이 아니라 그 노인을 죽여버리겠다고 하는 제 고의에서 나온 것이라고 하면 도대체 어떻게 되는 것일까요? 말할 나위도 없습니다. 저는 사실상 살인죄를 범한 것이 아닙니까? 그러나 법률은 설령 운전수를 처벌하는 일은 있어도, 사실상의 살인자인 저라는 사람에 대해서는 아마도 의심을 하지도 않겠지요. 왜냐하면 저와 죽은 노인은 전혀 관계가 없는 것을 잘 알고 있기 때문입니다. 그리고 설사 의심을 받더라도 저는 단지 외과병원이 있는 것 등을 잊고 있었다고 대답만 하면 족하지 않습니까? 그것은 전적으로 마음속의 문제입니다.

여러분, 여러분께서는 이전에 이런 살인 방법을 생각하신 적이 있으십니까? 저는 이 자동차 사건에서 비로소 그것을 깨달은 것입니다만, 생각해 보니 이 세상은 어쩌면 이리도 험난하기 짝이 없는 장소일까요? 언제나 저와 같은 남자가 아무런 이유도 없이 고의로 틀린 의사를 가르쳐 주거나해서, 그렇지 않으면 건질 수도 있던 목숨을 부당하게 잃고 마는 지경이 되는지 알 수가 없습니다.

이것은 그 후 제가 실제로 해보고 성공한 일입니다만, 시골 할머니가 전차선로를 횡단하려고 막 선로에 한 발을 내딛었을 때, 물론 거기에는 전차뿐만 아니라 자동차나 자전거나 마차나 인력차 등이 왕래가 빈번하게 스쳐 지나가고 있기 때문에, 틀림없이 그 할머니의 머리는 몹시 혼란스러울 것입니다. 그 한 발을 내딛는 순간 급행열차나 뭔가가 질풍처럼 다가와서 할머니로부터 2, 3간(間) 떨어진 데까지 바싹 다가왔다고 가정하겠습니다. 그때 할머니가 그것을 알아차리지 못하고 그대로 선로를 가로질러 가 버리면 아무런 일도 없습니다만, 누군가가 커다란 소리로 "할머니 위험해!"라고 고함이라도 칠 것 같으면, 순식간에 당황해서 그대로 가로지를까, 일단 뒤로 되돌아갈까 하고 잠시 틀림없이 갈팡질팡할 것입니다. 그리고 만일 그 전차가 너무나도 가까워서, 급정거도 할 수 없다고 하면, "할머니 위험해!"라고 단말 한마디가 그 할머니에게 큰 상처를 입히고 잘못하면 목숨까지도 빼앗아 버리지 않는다고는 할 수 없습니다. 아까도 말씀드린 대로 저는 어느 때 이 방법으로 시골 사람 하나를 감쪽같이 죽여 버린 적이 있어요. -- T씨는 여기에서 말을 끊고 기분 나쁘게 웃었다. --

이 경우 "위험해!"라고 말을 한, 저는 분명히 살인자입니다. 그러나 누가 제 살의를 의심할까요? 아무런 원한도 없는 생판 모르는 사람을 그냥 살인의 흥미를 위해서만 죽이려고 하는 남자가 있으리라고 상상하는 사람이 있겠습니까?

더구나 "위험해!"라는 주의의 말은 어떤 식으로 해석해봤자 호의에서 나온 것으로밖에 생각되지 않습니다. 표면상으로는 죽은 이로부터 감사를 받을지언정 결코 원망을 살 이유가 없습니다. 여러분, 이 얼마나 안전하기 짝이 없는 살인 방법이 아닙니까?

세상 사람들은 나쁜 일은 반드시 법률에 저촉되고, 그에 상당하는 처벌을 받는 법이라고 믿고 어리석게도 완벽하게 안심하고 있습니다. 그 누구도 법률이 살인을 눈감아 주리라고는 상상도 못합니다. 그러나 어떨까요? 지금 말씀드린 두 개의 실례를 통해 유추할 수 있는, 전혀 법률에 저촉될 염려가 없는 살인 방법이 생각해 보면 얼마든지 있지 않습니까? 저는 이 일을 알아차렸을 때 세상의 무시무시함에 전율하기보다도 그런 죄악의 여지를 남겨 둔 조물주의 여유를 더할 나위도 없이 유쾌하게 생각했습니다. 진심으로 저는 이 발견에 미칠 듯이 기뻤습니다. 이 얼마나 멋지지 않습니까? 이 방법에 의해서만 하면, 다이쇼(大正)의 성대(聖代)[7]

에 바로 저만이 소위 '기리스테 고멘(斬捨て御免)[8]'과 마찬가지입니다.

　그래서 저는 이런 종류의 살인에 의해 그 죽을 것만 같은 무료함을 달래는 것을 생각해냈습니다. 절대로 법률에 저촉되지 않는 살인, 어떤 셜록 홈스(Sherlock Holmes)[9]도 간파할 수 없는 살인, 아 이 얼마나 더할 나위 없이 좋음을 쫓는 방식일까요? 이후 저는 3년이란 기간 동안 사람을 죽이는 즐거움에 빠져서 어느 사이엔가 그토록 심한 무료함을 완전히 다 잊어버렸습니다. 여러분 웃으면 안 됩니다. 저는 (일본의) 전국시대(戦国時代)[10]의 호걸처럼 그 유명한 백 명 참수(百人斬り)를 물론 문자 그대로 베는 것은 아니지만, 백 명의 목숨을 빼앗을 때까지는 중도에서 이 살인을 멈추지 않

---

7) 성대(聖代) : 성군(聖君)이 다스리는 시대 또는 세상. 성세(聖世).

8) 기리스테 고멘(斬捨て御免) : 에도(江戸)시대에, 무사에게 부여된 특권의 하나로, 상인(商人)이나 장색 계급의 사람들이나 농민 등이 무례한 행위를 했을 경우, 이를 죽여도 처벌받지 않았던 것. 전화되어, 약자에 대해, 특권을 이용하여 난폭한 행동을 하는 것.

9) 셜록 홈스(Sherlock Holmes) : 영국의 추리 소설가 코난 도일이 지은 일련의 추리소설의 주인공인 사립 탐정의 이름.

10) 전국시대(戦国時代) : 일본에서. 대영주가 군웅 할거하던 동란의 시대.

을 것을 제 자신에게 맹세한 것입니다.

　지금부터 석 달 정도 전입니다만, 저는 그때까지 정확히 99명까지만 끝냈습니다. 그리고 나머지 한 명이 되었을 때, 앞에서도 말씀드린 바와 같이 저는 그런 살인에도 정말 신물이 났습니다만, 그것은 여하튼 간에 그럼 그 99명을 어떤 식으로 죽였는가? 물론 99명 중에서 그 누구에게도 조금이라도 원한이 있던 것은 아니고 그냥 남이 모르는 방법과 그 결과에 흥미를 가지고 한 일이니까, 저는 한 번도 같은 방식을 반복하는 것은 하지 않았습니다. 한 사람을 죽이고 나서는 이번에는 어떤 새로운 방식으로 해치울까 하고 그것을 생각하는 것이 또 하나의 즐거움이었습니다.

　그러나 이 자리에서 제가 한 99개의 다른 살인 방법을 죄다 말씀드릴 여유도 없고, 더구나 오늘밤 제가 여기에 온 것은 그런 개개의 살인 방법을 고백하기 위해서가 아니라 그런 극악무도한 죄악을 저지를 때까지 무료함을 면하려고 한, 그리고 결국에는 그 죄악조차 신물이 나서 이번에는 제 자신을 망치려고 하는 세상에 흔치 않은 제 생각을 말씀드리고 여러분의 판단을 앙망하고자 하기에, 그 살인 방법 이외에 관해서는 단지 두세 가지 실례를 말씀드리는 것으로 끝냈으면 합니다.

이 방법을 발견하고 나서 얼마 안 지나고 나서 생긴 것이었는데, 이런 일도 있었습니다. 제가 사는 근방에 한 안마사가 있었는데, 그 사람은 불구자 등에 흔히 있는 지독한 고집쟁이이었습니다. 남이 친절에서 우러러 나오는 여러 가지 충고 등을 해 주면, 오히려 그것을 역으로 이용해서, 눈이 보이지 않는다고 사람을 업신여기지 마라, 그 정도 일은 나도 잘 알고 있다는 식으로, 꼭 상대방 말에 거슬리는 짓을 하는 것입니다. 허, 참, 고집을 부리는 것이 보통내기가 아닙니다.

어느 날 일이었습니다. 제가 어떤 큰길을 걷고 있었는데, 맞은편에서 그 고집불통의 안마사가 다가오는 것과 마주쳤습니다. 그는 건방지게도 지팡이를 어깨에 메고, 콧노래를 부르면서 얼굴을 삐죽 내밀며 걷고 있습니다. 마침 그 동네에는 어제부터 하수도 공사가 시작되어, 길 한쪽에는 깊은 구멍이 있었는데, 그는 맹인이라서 일방통행금지라는 팻말 등이 보이지 않으니, 아무런 생각도 없이 그 구멍 바로 옆을 한가하게 걷고 있는 것입니다.

　그것을 보자, 저는 갑자기 하나의 묘안이 떠올랐습니다. 그래서

　"이봐, N군" 하고 안마사의 이름을 불러 -- 자주 치료를 부탁해서 서로 알게 되었습니다. --

　"거기 봐, 위험해. 왼쪽으로 붙어, 왼쪽으로 붙어."

라고 고함을 쳤습니다. 그것을 일부러 조금 농담 같은 말투로 했습니다. 그 이유는 이렇게 말하면, 그는 평소의 성격에서 필시 조롱당했다고 사추해서, 왼쪽으로 붙지 않고 틀림없이 오른쪽으로 붙을 것이라고 생각했기 때문입니다. 아니나 다를까 그는

　"헤헤 … . 농담하지 마세요."

와 같이 성대모사하는 것 듯이 말대답을 하면서, 단숨에 반대의 오른쪽으로 두 발자국, 세 발자국 붙이는 바람에, 한순간에 하수도 공사의 구멍 안으로 한발을 디뎌, 눈 깜짝할 순간에 1장(一丈)[11])이나 되는 그 바닥으로 떨어지고 말았습니다. 저는 자못 놀란 듯한 모습을 가장하고 구멍 가장자리에

---

11) 1장(一丈) : 1장. 10자로 약 3미터에 해당한다.

달려가서,

"잘 되었나?" 하고 들여다보았습니다만, 그는 잘못 부딪치기라도 한 것인지 구멍 바닥에 축 늘어져 누워, 구멍 주위에 튀어나와 있는 날카로운 돌로 찔린 것이겠지요. 약 3밀리미터의 길이로 깎은 머리에 검붉은 피가 줄줄 흐르고 있습니다. 그리고 혀도 깨물은 듯이 입과 코에서도 똑같이 피가 나오고 있습니다. 얼굴색은 창백하고 신음 소리를 낼 기력도 없습니다.

이렇게 이 안마사는 하지만 그러고 나서 일주일 정도는 마지막 숨을 할딱이며 살아 있었습니다만, 결국 죽고 말았습니다. 제 계획은 멋지게 성공했습니다. 누가 저를 의심하겠습니까? 저는 이 안마사를 평소 특별히 돌봐주고 자주 불렀을 정도여서 결코 살인의 동기가 될 만한 원한이 있었던 것이 아니고 게다가 표면상은 오른쪽에 함정이 있는 것을 피하게 하려고, "왼쪽으로 붙어, 왼쪽으로 붙어."라고 가르쳐준 셈이기 때문에 제 호의를 인정하는 사람은 있어도 그 친절이란 말의 속내에 가공할 살의가 담겨 있었다고 상상하는 사람이 있을 리가 만무합니다.

아, 이 얼마나 무섭지만 즐거운 유희였을까요? 교묘한 트

96

릭을 생각해냈을 때의 아마도 예술가의 그것에도 필적하는 환희, 그 트릭을 실행할 때의 설레는 긴장, 그리고 목적을 이루었을 때의 형언할 수 없는 만족, 더구나 또한 제 희생이 된 남자와 여자가 살인자가 눈앞에 있는 것도 모르고, 피투성이가 되어 미쳐 돌아다니는 단말마의 모습, 처음 얼마 동안은 그것들이 얼마나 정말 저를 기쁘게 하며 어찌할 바를 모르게 해 주었을까요?

어떨 때는 이런 일도 있었습니다. 그것은 여름의 잔뜩 찌푸린 흐린 날의 일이었습니다만, 저는 어느 교외의 문화촌이라고도 할까요? 열 채 남짓의 서양식 건물이 드문드문 늘어 서 있는 곳을 걷고 있었습니다. 그리고 마침 그중에서도 가장 멋진 콘크리트로 지은 서양식 건물의 뒤쪽을 지나갔을 때입니다. 갑자기 이상한 것이 제 눈에 띄었습니다. 그 이유는 그때 제 코끝을 스치며 기세 좋게 날아가던 한 마리의 참새가 그 집 지붕에서 땅으로 길게 늘어져 있던 두꺼운 철사에 잠시 앉았다가 갑자기 튕겨 나간 듯이 밑으로 떨어져서 그대로 죽어버리는 것입니다.

이상한 일도 있네, 라고 생각하고 잘 보니 그 철사라고
하는 것은 서양식 건물의 뾰족한 지붕의 꼭대기에 서 있는
피뢰침에서 나와 있는 것을 알았습니다. 물론 철사에는 피
복이 되어 있었습니다만, 지금 참새가 앉았던 부분은 어찌
된 것인지 그것이 벗겨져 있던 것입니다. 저는 전기에 관해
서는 잘 모릅니다만, 어쩌다가 공중 전기의 작용 등으로 피
뢰침의 철사에 강한 전류가 흐르는 일이 있다고, 어딘가에
서 들은 것을 기억하고 있어, 그렇다면 그거네 라고 깨달았
습니다. 이런 일을 경험한 것은 처음이라서 희한한 일이라
고 생각하고 저는 잠시 거기에 멈추어 서서 그 철사를 바라
다보고 있던 것입니다.

그러자 그때 서양식 건물의 옆쪽에서 병정놀이인가 뭔인
가 하며 놀고 있는 아이들 무리가 왁자지껄하면서 나왔습니
다만, 그중에서 여섯 살이나 일곱 살의 어린 남자아이가, 다
른 어린이들은 지체하지 않고 맞은편에 가 버렸는데 혼자
뒤에 남아 무엇을 하는가 하고 보고 있으니, 지금 말한 피뢰
침의 철사 앞의 약간 높은 곳에 서서 앞을 걷어 올리고 서서
오줌을 누기 시작했습니다. 그것을 본 저는 또다시 하나의

묘계를 생각해냈습니다. 저는 중학생 시절에 물이 전기의 도체라는 것을 배운 적이 있습니다. 지금 어린이가 서 있는 약간 높은 곳에서 그 철사의 피복이 벗겨진 부분에 오줌을 내리갈기는 것은 쉬운 일입니다. 오줌은 물이니까 역시 전도체임에 틀림없습니다.

그래서 저는 그 어린아이에게 이렇게 말을 걸었습니다.
"이봐, 꼬마야? 그 철사에 오줌을 갈겨 보렴. 거기까지 닿을까?"
그러자 어린아이는,
"뭐 그거 아무것도 아니야. 그럼, 잘 보고 있어 봐요!"
그렇게 말했는가 싶더니 자세를 바꾸고 갑자기 철사가 땅에 나타난 부분을 겨냥해서 오줌을 내리갈겼습니다. 그리고 그것이 철사에 닿을까 닿지 않을까 무시무시한 것이 아닙니까? 어린아이는 붕하고 한 번 춤추는 듯이 튀어 올랐는가 싶더니 거기에 푹 쓰러져 버렸습니다. 나중에 들으니 피뢰침에 이런 강한 전류가 흐르는 것은 매우 드문 일이라고 합니다만, 이렇게 해서 저는 태어나서 처음으로 사람이 감전해서 죽는 것을 본 셈입니다.

이 경우도 물론 저는 조금도 의심을 사는 걱정은 없었습니다. 그냥 어린아이의 시신에 매달려 울어대고 있는 어머니에게 정중한 애도의 말을 남기고, 그 자리를 떠나기만 하면 되는 것이었습니다.

이것도 어느 여름의 생긴 일이었습니다. 저는 이 남자를 어디 한번 희생물로 만들어 버리겠다고 노리고 있던 어떤 친구라고 해도 결코 그 남자에게 원한이 있는 셈도 아니고 오랫동안 둘도 없는 친구로서 교류하고 있을 정도의 친구입니다만, 그런 사이가 좋은 친구 등을 아무 말도 안 하고 싱글벙글하면서 눈 깜짝할 사이에 송장으로 만들어 보고 싶다는 이상한 바람이 있었던 것입니다. 그 친구와 함께 보슈(房州)[12]의 아주 외진 어느 어촌에 피서하러 간 적이 있습니다. 물론 해수욕장이라고 할 정도의 장소는 아니고 바다에는 촌락의 적동색의 피부를 한 조그만 아이들이 철벅철벅 물을 튀기고 있을 뿐 도시에서 온 손님이라는 저희들 두 사람 이외에는 화학생(画学生)[13] 같은 무리가 몇 명 그것도

---

12) 보슈(房州) : 아와(安房)의 딴 이름으로 지금 치바(千葉)현(県)의 남부에 해당한다.

13) 화학생(画学生) : 예술가가 되는 공부를 하는 미술 대학생·미대생

바다에 들어간다고 하기보다는 그 주변 해안을 스케치북을 한 손에 들고 돌아다니고 있는 것에 지나지 않았습니다.

이름이 알려진 해수욕장처럼 도시 소녀들의 육체를 볼 수 있는 것도 아니며 숙소라고 해도 도쿄의 싸구려 여인숙 같은 것이고 더구나 음식도 생선회 이외의 것은 맛이 없어서 입에 맞지 않고 무척 적적하고 불편한 곳이었습니다. 그러나 그 제 친구라는 사람은 저와는 아주 달라서 그런 시골 티가 나는 장소에서 고독한 생활을 음미하는 것을 좋아하는 편이라는 것과 저는 저 나름대로 어떻게라도 하여 이 친구를 해치울 기회를 잡으려고 안달하고 있었던 참이었기에, 그런 어촌마을에 며칠 동안이나 머물고 있을 수 있었던 것입니다.

어느 날 저는 그 친구를 해안 촌락에서 꽤 떨어진 곳에 있는 좀 낭떠러지같이 된 곳으로 데리고 나갔습니다. 그리고 "다이빙을 하기에는 안성맞춤 장소이다."라는 등 말하면서 저는 앞에 서서 옷을 벗은 것입니다. 친구도 다소 수영에

(美大生).

관한 지식이 있었기에 "정말이지 이것은 좋아."라고 나를 따라서 옷을 벗었습니다.

그래서 저는 그 낭떠러지 끝에 서서, 양손을 똑바로 머리 위로 뻗고 "하나, 둘, 셋"하고 과단성 있게 고함을 지르고 붕하고 하늘로 날아오르자, 멋진 포물선을 그리며 거꾸로 앞에 있는 해면에 뛰어들었습니다.

찰싹하고 몸이 물에 닿았을 때 가슴과 배의 호흡으로 쑥하고 물을 좌우로 휘저으며 불과 두세 자, 자맥질하기만 하고 날치처럼 맞은편 수면으로 몸을 드러내는 것이 '다이빙'의 요령입니다만, 저는 어릴 때부터 수영을 잘 해서 이 '다이빙' 같은 것도 '식은 죽 먹기'이었던 것입니다. 그리고 물가에서 14, 5간(間)이나 떨어진 수면으로 목을 내민 저는 입영이라는 것을 하면서 한 손으로 툭 하고 얼굴의 물을 털어내고,

"이봐, 뛰어들어 봐!"

라고 친구에게 소리를 질렀습니다. 그러자 그 친구는 물론 내 생각도 전혀 알지 못하고, "알았어."라고 하면서 나와 같은 자세를 취하고 기세 좋게 내 뒤를 쫓아 거기로 뛰어들었습니다.

그러나 물보라를 일으키고 바다에 잠수한 채, 그는 잠시 지나도 다시 모습을 보이지 않는 것이 아닙니까? … . 저는 그것을 예상하고 있었습니다. 그 바다 밑에는 수면에서 1간 (間) 정도에 커다란 바위가 있었습니다. 저는 미리 그것을 살펴두고 친구 실력으로는 '다이빙'을 하면 반드시 1간 이상 잠수할 것이 뻔하다, 따라서 틀림없이 이 바위에 머리를 부딪칠 것이라고 예상을 하고, 한 일입니다. 아시겠지만 '다이빙'의 기술은 잘 하는 사람일수록 물에 잠수하는 정도가 적어서 저는 그것에는 잘 숙련되어 있었기에 해저 바위에 부딪히기 전에 잘 맞은편으로 떠오른 것입니다만, 친구는 '다이빙'에 관해서는 아직 그냥 초심자라서 완전히 거꾸로 해저에 뛰어들어 머리를 세게 바위에 부딪친 것에 틀림없습니다.

아니나 다를까 잠시 기다리고 있었더니, 그는 두둥실 다랑어의 사체처럼 해면에 떠올랐습니다. 그리고 물결치는 대로 떠돌고 있었습니다. 말할 필요도 없이 그는 기절한 것입니다.

저는 그를 안아서 물가로 헤엄쳐 도착하고 그대로 촌락으로 뛰어 돌아가서, 숙소에 있는 사람에게 사태의 긴박함을 알렸습니다. 그래서 출어를 쉬고 있던 어부 등이 다가와서 친구를 구했습니다만, 이제 소생할 가능성은 없었습니다. 뇌를 심하게 부딪쳤기 때문이겠지요. 살펴보니 정수리가 5~6치 찢어져서 하얀 살이 부풀어 올랐다. 그 머리가 놓여 있던 땅에는 엄청난 피가 검붉게 굳어져 있었습니다.

이전에도 이후에도 제가 경찰 취조를 받은 것은 단 두 번뿐입니다만, 그중의 하나가 이 경우였습니다. 여하튼 사람들이 보고 있지 않은 곳에서 일어난 사건이므로, 일단의 취조를 받는 것은 당연합니다. 그러나 나와 그 친구는 친우 사이로 그때까지 말다툼 한 번 한 적이 없다는 것을 알고 있고, 또한 당시 사정으로서는 저도 그도 그 바다 밑에 바위가 있는 것을 모르고 다행히 저는 수영을 잘 했기에 위험한 데를 벗어났지만, 그는 수영을 못했기 때문에 이 불상사를 야기한 것이라는 것이 명백하니 아무 일 없이 혐의가 풀리고 저는 오히려 경찰 사람들로부터 "친구를 잃으셔서 참 안됐습니다."라고 애도의 말까지 들을 정도였습니다.

아니, 이런 식으로 하나하나 실례를 열거하고 있으면 한도 끝도 없습니다. 이제 이것만을 말씀드리면, 여러분께서도 저의 소위 절대로 법률에 접촉되지 않는 살인 방법을 대

104

개 이해하셨으리라 생각됩니다. 모두 이런 식입니다. 어떨 때는 서커스 구경꾼 속에 섞여 있다가 갑자기 여기에서 말씀드리는 것은, 부끄럽고 어처구니없는 이상한 자세를 보여 높은 곳에서 줄타기를 하고 있던 여자 곡예사의 주의를 빼앗아서 그녀를 추락하게 만들어 보이거나, 화재 현장에서 자기 아이를 구하려고 반미치광이가 되어 있던 어딘가의 부인에게 아이는 집안에 자고 있다, "그거 봐! 울고 있는 소리가 들리지요?" 등과 같은 암시를 주어, 그 부인을 세차게 타오르는 불 속으로 뛰어들게 하여, 그만 태워 죽여 버리거나, 혹은 또 당장 투신하려고 하는 처자 배후에서 갑자기 "기다려!"라고 느닷없이 얄망궂은 말을 걸어 그렇지 않으면 투신을 단념했을지도 모르는 그 처자를 깜짝 놀라게 하는 바람에 물속에 뛰어들게 만들거나, 이런 것을 정말 말씀드리면, 한도 끝도 없습니다. 이제 밤도 깊어졌고 게다가 여러분께서도 이와 같은 잔혹한 이야기는 더이상 듣고 싶지 않으실 테니 마지막으로 좀 색다른 것을 하나만 말씀드리고 이것으로 끝내도록 하겠습니다.

지금까지 말씀드린 것에서는, 저는 늘 한 번에 한 사람을 죽이는 것처럼 보입니다만, 그렇지 않은 경우도 여러 번 있었습니다. 그렇지 않으면, 3년도 채 안 되는 세월 동안에 게다가 전혀 법률에 저촉되지 않은 방법으로 99명이나 되는 사람을 죽일 수는 없습니다. 그중에서도 가장 많은 인원수를 한 번에 죽인 것은 그렇습니다. 작년 봄이었습니다. 여러분께서도 당시 신문 기사로 틀림없이 읽으셨으리라 생각됩니다만, 추오센(中央線) 열차가 전복되어 많은 부상자와 사망자를 낸 적이 있는데, 바로 그것입니다.

뭐, 우스울 정도로 대수롭지도 않은 방법이었습니다만, 그것을 실행하는 지역을 찾는 데에 상당히 시간이 걸렸습니다. 그냥 처음부터 추오센(中央線)의 연선(沿線)이라는 것만 목표로 정하고 있었습니다. 그 이유는 이 노선은 제 계획에는 가장 편리한 산길을 지나고 있을 뿐만 아니라, 열차가 전복할 경우에도 추오센에는 평소부터 사고가 많으니까, 아, 또 발생했나! 라고 할 정도로 다른 노선만큼 눈에 띄지 않는 쓸모가 있었습니다.

그렇다고 하더라도 내가 원하는 대로의 장소를 찾는 데에는 힘이 들었습니다. 결국 M역 근처의 절벽을 사용하기로 결정할 때까지는 일주일이 족히 걸렸습니다. M역에는 괜찮은 온천장이 있어서 저는 거기에 있는 어떤 숙소에 머

106

무르며, 매일 매일 탕에 들어가거나 산책을 하거나, 자못 오래 묵으면서 질병을 치료하기 위해 온천욕을 하는 사람인 것처럼 가장하려고 했습니다. 그를 위해 또 열흘 남짓 헛되이 시간을 보내야 했습니다만, 이윽고 이제 괜찮다고 하는 때를 가늠하고, 어느 날 저는 여느 때와 마찬가지로 그 주변의 산길을 산책했습니다.

그리고 숙소에서 5리(里) 정도에 있는 약간 높은 벼랑 정상에 겨우 다다르고 나서, 저는 거기에서 가만히 땅거미가 지기 시작하는 것을 기다리고 있었습니다. 그 벼랑 바로 아래에는 기차선로가 커브를 그리며 달리고 있고, 선로 맞은편은 이쪽과는 반대로 깊고 험한 계곡이 되어, 그 아래에 상당한 골짜기를 흐르는 내가 흐르고 있는 것이 안개가 낄 정도로 멀리 보이고 있습니다.

잠시 후 미리 정해 둔 시간이 되었습니다. 저는 아무도 보고 있는 사람은 없었지만, 일부러 잠깐 발이 걸려 넘어지는 것 같은 모양을 하고 이것도 사전에 찾아내어 둔 커다란 돌멩이 하나를 걷어찼습니다. 그것은 조금 차기만 하면 틀림없이 벼랑에서 정확히 선로 위 부근에 굴러 떨어지는 위치에 있던 것입니다. 저는 만일 실수하면 몇 번이고 다른 돌멩이로 다시 할 생각이었습니다만, 보았더니 그 돌멩이는 아주 알맞게 레일 하나 위에 올라탔습니다.

반시간 후에는 하행선 열차가 그 레일을 지나갑니다. 그 때는 이미 아주 캄캄해졌을 것이고 그 돌이 있는 장소는 커브의 맞은편이기 때문에, 운전수가 알아차릴 리는 없습니다. 그것을 확인하자, 저는 급히 서둘러서 M역으로 되돌아가서 -- 5리가 되는 산길이라서 족히 30분 이상 허비했습니다. -- 거기의 역장실에 들어가서 "큰일 났습니다."라고 정말 당황한 모습으로 소리를 질렀던 것입니다.

"저는 여기에 질병을 치료하기 위해 온천욕을 하러 와 있는 사람인데 지금 5리 정도 맞은편의 선로 가의 벼랑 위로 산책하러 가 있었는데, 비탈길로 된 곳을 뛰어 내려가려고 할 찰나 뜻밖에 돌멩이 하나를 벼랑에서 아래 선로 위로 차서 떨어뜨리고 말았습니다. 만일 그곳을 열차가 지나가면 틀림없이 탈선합니다. 잘못 하면 골짜기에 떨어지는 일이 없다고도 할 수 없습니다. 저는 그 돌을 치우려고 여러 가지 길을 찾았지만, 아무래도 잘 모르는 산이라서 도저히 저 높은 벼랑을 내려갈 방법이 없습니다. 그래서 우물쭈물하고 있는 것보다는 (알리는 것이 좋을) 것 같아서 여기로 급히 달려온 것인데, 어떻습니까? 시급히 그것을 치워 주실 수는 없겠습니까?"

라고 정말 걱정스러운 얼굴을 하고 말했습니다. 그러자 역장은 놀라서

"그거 야단났군. 지금 막 하행선 열차가 통과했습니다. 보통 때라면 그 부근은 이미 다 통과했을 때입니다만…"

라고 하는 것입니다. 그것이 제가 의도한 바이었습니다. 그런 대화를 되풀이하고 있는 사이에 '열차 전복, 사상자 수는 알지 못함'이라는 보고가 간신히 위험한 상황에서 벗어나서 급히 달려온 그 하행선 열차의 차장에 의해 알려졌습니다. 정말 큰 소동이 일어났습니다.

저는 일의 진행상 하룻밤 동안 M의 경찰서에 끌려갔습니다만, 생각하고 생각해서 한 일입니다. 실수가 있을 리는 없습니다. 물론 저는 몹시 야단은 맞았지만 별로 처벌을 받을 만한 일도 안 했습니다. 나중에 들으니 그때의 제 행위는 형법 제129조에조차 그것은 500엔 이하의 벌금에 지나지 않는 것이지만, 해당되지 않았다고 합니다. 그런 까닭에 저는 돌멩이 하나로 전혀 처벌받지도 않고 음, 그것은 그렇습니

다. 17명입니다. 17명의 생명을 빼앗는 데 성공했습니다.

　여러분. 저는 이런 식으로 19명의 인명을 빼앗은 남자입니다. 그리고 조금도 후회하는 데가 그런 피비린내 나는 자극에조차 이제 신물이 나서 이번에는 내 자신의 목숨을 희생하려는 남자입니다. 여러분께서는 너무나도 잔혹한 제 소행에, 그것 보세요! 그와 같이 눈살을 찌푸리고 계십니다. 그렇습니다. 이런 것들은 보통 사람은 사상도 못하는 극악무도한 행위에 틀림없습니다. 그러나 그런 큰 죄악을 범해서라도 모면하고 싶을 정도로 심하고 심한 무료함을 느껴야 했던 제 기분도 조금은 이해해 주시기를 부탁드립니다. 저라는 남자는 그런 악행이라도 꾀하는 것 이외에는 뭐 하나 이 인생에 사는 보람을 발견할 수 없었습니다. 여러분 부디 잘 판단해 주시기 바랍니다. 저는 미치광이일까요? 바로 그 살인광이라고 하는 것일까요?
　이렇게 해서 오늘 밤의 화자는 지독히 괴상하고 기이하기 짝이 없는 신상 이야기는 끝났다. 그는 다소 핏발이 서고 눈의 흰 부분이 많이 있고 게슴츠레한 미치광이 같은 눈으로 우리들 청자의 얼굴을 한 사람 한 사람 둘러보았다. 그러나 누구 하나 이것에 답해 비판하는 말을 하는 사람도 없었다. 거기에는 단지 섬뜩하게 깜박깜박 반짝이는 촛불에 비친 일곱 명의 상기된 얼굴이 미동도 하지 않고 늘어서 있었다.

갑자기 문 부근의 장막 표면에 반짝반짝 빛나는 것이 있었다. 보고 있으니, 그 은색으로 빛난 것이 점점 커졌다. 그것은 은색의 둥근 것으로 마치 보름달이 짙은 구름을 깨고 나타나는 것처럼 빨간 장막 사이에서 서서히 온전한 원형을 만들면서 나타나고 있었다. 나는 첫 순간부터 그것이 여자 종업원의 양손에 들린 우리가 마실 음료를 나르는 커다란 쟁반인 것을 알고 있었다. 하지만 이상하게도 모든 물체를 몽환하게 만들어 놓는 이 '빨간 방'의 공기는 세상에 흔히 있는 그 은쟁반을, 무엇인가 살로메 극[14]의 오랫동안 내버려 두어 못 쓰게 된 우물 속으로부터 노예가 쑥 내미는 그 유명한 예언자의 방금 자른 목이 얹어 있는 은쟁반처럼도 환상(幻想)을 품게 만드는 것이었다. 그리고 은쟁반이 장막으로부터 다 나와 버리자, 그 뒤에서 청룡도 같은 폭이 넓은

---

14) 『살로메』(Salomé) : 오스카 와일드의 희곡. 신약성서를 소재로 한 내용으로 1891년 프랑스어로 쓰여, 1893년에 파리에서 출간되었다.

번쩍번쩍한 폭이 넓은 칼이 불쑥 나오는 것이 아닌지 라고
도 생각되었습니다.

하지만 거기로부터는 입술이 두꺼운 반나체의 노예 대신
에 언제나 마찬가지로 아름다운 여자 종업원이 나타났다.
그리고 그녀는 자못 쾌활하게 일곱 명의 남자 사이를 돌아
다니며 음료를 나누어 주기 시작하자, 세상과는 전혀 동떨
어진 환상의 방에 세상의 바람이 불어 들어온 것 같아 왠지
모르게 부조화한 기분이 들기 시작했다. 그녀는 아래층의
레스토랑의 화려한 가무와 고주망태와 젊은 여자의 비명 등
이 그 신변에 둥실둥실 떠돌게 하고 있었다.

T "이거 봐! 쏜다."
   갑자기 T가 지금까지의 말소리와 조금도 다르지 않은
차분한 어조로 말했다. 그리고 오른손을 호주머니에 넣고
반짝반짝 빛나는 물체 하나를 꺼내서 쑥 여자 종업원 쪽으
로 향하게 했다.
   "앗" 하는 소리와 "땅….." 하는 총소리와 "꺅" 기겁을 하
며 놀라는 여자의 외침 소리가 거의 동시였다.

112

물론 우리는 일제히 자리에서 일어났다. 그러나 아 이 얼마나 다행스러운 일이었는지, 총을 맞은 여자는 아무 일도 없이 다만 무참하게 부서진 음료 그릇을 앞에 두고 멍하니 서 있는 것이 아닌가?

"와 하하하하…"

T씨가 미치광이처럼 웃음을 터뜨렸다.

"장난감이야, 장난감이야. 와아아아…. '하나 양', 감쪽같이 속았지. 하하하…"

그럼 지금 여전히 T씨의 오른손에 흰 연기를 뿜고 있는 그 총은 그냥 완구에 지나지 않았는가?

"어머, 깜짝 놀랐네.…. 그거, 장난감이에요?"

T와는 전부터 잘 알고 있는 것 같은 여자 종업원은 하지만 아직 입술은 핏기가 없었지만, 그렇게 말하면서 T씨 쪽으로 가까이 갔다.

"어디, 빌려줘요. 어마나, 진짜와 똑같네."

그녀는 멋쩍은 것을 숨기는 것처럼 그 완구라는 6연발의 총을 손에 들고 두리번거리고 있었지만 이윽고

"분하니까, 그럼 나도 쏴볼게요."

라고 말하는가 싶더니 그녀는 왼팔을 굽혀 그 위에 총구를

두고 건방진 모습으로 T씨의 가슴을 겨냥했다.

"자네가 쏠 수 있다면, 쏴 보렴."

T씨는 히죽히죽 웃으면서 놀리듯이 말했다.

"못 쏠 것도 없지요?"

"땅!"

전보다는 한층 예리한 총소리가 온 방에 울려 퍼졌다.

"우우…"

뭐라고도 할 수 없는 기분 나쁜 신음소리가 났는가 싶더니, T씨가 쑥 의자에서 일어나더니, 푹하고 바닥 위에 쓰러졌다. 그리고 손발을 버둥거리며 괴로워하기 시작했다. 농담이 농담으로 치기에는 너무나도 박진감 넘치게 몸부림치는 모습이 아닌가?

우리는 엉겁결에 그 주위로 뛰어 다가갔다. 옆자리에 있던 한 사람이 탁자 위의 촛대를 들어 괴로워하는 사람 위에 갖다 댔다. 보니, T씨는 창백한 얼굴에 경련을 일으키고 마치 상처를 입은 지렁이가 꿈틀꿈틀 구르는 식으로 온몸의 근육을 폈다 움츠렸다 하면서, 정신없이 몸부림치고 있었다. 그리고 꼴사납게 벌어진 그 가슴의 검게 보이는 상처 자리에서는 그가 움직일 때마다 주르륵주르륵 시뻘건 피가 하얀 피부를 타고 흘러나오고 있었다.

완구로 보인 6연발의 두 번째에는 실탄이 장전되어 있었다.

우리는 오랫동안 멍하니 선 채로 누구 하나 몸을 움직이는 사람은 없었다. 괴기한 이야기 뒤에 발생한 이 사건은 우리에게 너무나도 격렬한 충격을 주었다. 그것은 시계 눈금에서 말하면, 아주 적은 시간이었는지도 모른다. 하지만 적어도 그때의 내게는 우리가 그렇게 아무것도 안 하고 서 있는 기간이 몹시 긴 것처럼 생각되었다. 왜냐하면 그 아주 짧은 시간에 괴로워하고 있는 부상자를 앞에 두고 내 머리에는 다음과 같은 추리를 할 여유가 충분히 있기 때문이다.

"의외의 사건임에 틀림없다. 그러나 잘 생각해 보면, 이것은 처음부터 정확히 T의 오늘 밤 프로그램에 쓰여 있던 일은 아닐까? 그는 99명까지는 남을 죽였지만, 마지막 100명 째만은 자기 자신을 위해 남겨 둔 것은 아닐까? 그리고 그런 것에는 가장 어울리는 이 『빨간 방』을 마지막 죽을 곳으로 고른 것은 아닐까? 이것은 이 남자의 괴기하기 짝이 없는 성질을 종합해서 생각하면, 반드시 예상이 빗나간 상상도 아니다. 그렇다. 바로 그 총을 완구라고 믿게 해 두고 여자 종업원에게 발포시킨 기교 등은 다른 살인의 경우와 공통점이 있는 그의 독특한 방식이 아닌가? 이렇게 해 두면 하수인인 여자 종업원은 전혀 벌을 받을 걱정은 없다. 거기에는 우리 6명이나 되는 증인이 있다. 즉 T는 그가 남에 대해 한 것과 같은 방법을 가해자는 조금도 죄가 되지 않는 방법을 그 자신에게 응용한 것이 아닌가?"

나 이외의 사람들도 각자 모두 깊이 감동의 경지에 들어간 것처럼 보였다. 그리고 그것은 아마 내가 생각하는 것과 같았는지도 모른다. 실제로 이 경우 그렇다고 하는 것 이외에 달리 생각할 방도가 없으니까.

무서운 침묵이 좌중을 지배하고 있었다. 거기에는 엎드린 여자 종업원의 정말 슬픈 듯이 흐느껴 우는 울음소리가 구슬프게 들리고 있을 뿐이었다. '빨간 방'의 촛불의 빛에 비쳐 드러난 바로 그 자리의 비극의 장면은 이 세상의 사건으로서는 너무나도 몽환적으로 보였다.

"킥킥 …"

갑자기 여자가 흐느껴 우는 것 이외에 또 하나의 이상한 소리가 들려왔다. 그것은 더 이상 발버둥이치는 것을 그만

두고 축 늘어져서 죽은 사람처럼 길게 누워 있던 T씨의 입에서 새어 나오는 것처럼 느껴졌다. 얼음 같은 전율감이 내 등을 타고 올라왔다.

"킥킥 ···. "

그 소리는 순식간에 커져 갔다. 그리고 덜컥하고 생각하는 사이에 빈사 상태의 T씨의 몸이 비틀비틀하면서 일어났다. 일어나서도 여전히 "킥킥, 킥킥" 하는 이상한 소리는 그치지 않았다. 그것은 가슴속에서 짜서 나오는 고통의 신음 소리와 같기도 했다. 하지만 ···., 혹시 ··· 어, 역시 그랬던가, 그는 의외로 아까부터 참지 못하는 우스꽝스러움을 가만히 누르고 있었다. '여러분' 그는 이제 큰소리로 웃음을 터뜨리면서 소리를 질렀다.

"여러분. 알겠습니까? 이것을."

그러자 아, 이것은 또 어찌 된 일인가? 여태껏 그처럼 마냥 울던 여자 종업원이 갑자기 쾌활하게 일어났는가 싶더니, 이제는 정말 참을 수 없는 것처럼 몸을 'ㄱ'자로 해서 이사람도 또한 자지러지게 웃는 것이었다.

"이것은 말이지."

이윽고 T씨는 어안이 벙벙한 우리 앞에 하나의 작은 원

통형 물건을 손바닥에 올려놓고 내밀면서 설명했다.

"소의 방광으로 만든 총알이에요. 안에 빨간 잉크가 가득 들어가 있어 명중되면, 그것이 흘러나오는 장치입니다. 그리고 말이지. 이 총알이 가짜인 것과 마찬가지로 아까부터 한 제 신상 이야기라고 하는 것은 말이지요, 처음부터 마지막까지 전부 꾸며 낸 이야기이에요. 하지만 저는 이것으로 상당히 연기는 잘 하지요? … .그럼 따분한 여러분, 이런 것으로는 여러분이 시종 찾고 계시는 그 자극이라든가 하는 것은 되지 않겠지요? …"

그가 이렇게 트릭을 공개하고 있는 사이에 지금까지 그의 조수를 맡았던 여자 종업원의 임기응변으로 아래층의 스위치가 켜진 것이겠지? 갑자기 한낮 같은 전등불이 우리 눈을 현혹시켰다. 그리고 그 희고 밝은 광선은 순식간에 방안에 떠돌았던 그 몽환적인 공기를 일소해 버렸다. 거기에는 폭로된 속임수의 재료가 추한 시신을 드러내고 있었다. 심홍색 장막이든 심홍색 융단이든 같은 탁자 보나 안락의자, 결국은 그 무슨 까닭이 있는 듯한 은촛대까지가 그 얼마나 초라하게 보였는지. '빨간 방' 안에는 어느 구석을 찾아보아도 이미 꿈도 환상도 그림자도 남기고 있지 않았다.

118

도 난 盜難

주요 등장인물

저(私) : 내레이터. 어떤 종교단체의 지역 교회에서 5년 동안 더부살이하며
  자질구레한 용무를 맡고 있다.
주임(主任) : 내레이터의 동향 사람으로 오래된 지인.
가짜 순사 : 도둑이 돈을 훔치기 위해 순사로 가장한다.

　재미있는 이야기가 있어요. 제 실험실입니다만. 이것을
어떻게 하면 귀하의 탐정소설의 재료가 안 되는 것도 아닙
니다. 듣습니까? 음. 꼭 말하라고요. 그럼 몹시 말을 못해서
듣기 어려우시겠지만 어디 한번 말씀 드릴까요?

　결코 꾸며낸 이야기가 아니에요라고, 미리 양해를 구하
는 까닭은 이 이야기는 지금까지 여러 번 사람들에게 들려
준 적이 있습니다만, 이것이 너무 지어낸 것처럼 재미있게

만들어져 있으니까, 그것 말이야, 너, 무슨 소설책에서 가지고 온 이야깃거리가 아니야? 와 같이 대개 사람들이 진짜로 여기지 않을 정도입니다. 그러나 틀림없는 진짜로 거짓이 없는 사실 이야기예요.

지금은 이런 깡패 같은 일을 하고 있습니다만, 3년 전까지는 이래 뵈어도 저는 종교에 관련을 맺고 있던 남자입니다. 뭐라고 말할까요? 조금 멋지게 들립니다만. 실은 시시한 것이에요. 그다지 자랑할 만한 종교도 아니다. ××교라고 해서. 귀하 같은 분은 아마 모르시겠지만, 뭐 덴리쿄(天理教)1)나 긴코쿄(金光教)2)의 친척 같은 것입니다. 그렇다고 하더라도 종지(宗旨)3)에는 이것저것 대단한 이치가 있습니다만.

본산(本山) 이라고 할 정도의 거창한 것도 아닙니다만, 그 종지의 종가(宗家)는 ××현(県)에 있고, 그것의 지역 교회(支教会)가 그 지역의 조금 큰 도시에는 대개 있습니다. 제

---

1) 덴리쿄(天理教) : 일본의 종교단체로, 에도(江戸)시대 말기에 성립된 신흥 종교의 하나로, 나카야마 미키(中山みき)를 교조로 한다.
2) 긴코쿄(金光教) : 일본의 신흥 종교로 교파 신도 연합회(教派神道連合会)에 속해 있고, 제2차 세계대전 이전의 신토(神道) 13파의 하나.
3) 종지(宗旨) : 종문(宗門)의 교의(教義)의 취지.

가 있던 곳은 그중의 N시의 지역 교회였습니다. 이 N시에 있는 것은, 수많은 지역 교회 중에서도 꽤 위세가 당당한 쪽이었습니다. 왜냐하면, 그곳의 주임(主任)4) -- 종지에서는 요란스러운 이름이 붙어 있습니다만, 뭐 쉽게 말하면 주임입니다. 그 사람은 제 동향 사람으로 오래된 지인이었습니다만, 그 사람은 실로 수완가입니다.라고 해도, 결코 종교적인 도를 깨달았다고 하는 그런 것은 아니고, 뭐 장사 솜씨가 뛰어났다고도 할까요? 종교에 장사 솜씨는 조금 이상하지만, 신자를 늘리거나 기부금을 모으거나 하는 수완은 상당히 훌륭했습니다.

지금도 말한 것처럼 저는 그 주임과 동향이라는 연고가 있고 그것은 몇 년이 될까? 음, 제가 27살이던 해이니까, 그렇군요. 딱 지금부터 7년 전입니다. 그곳으로 고용살이하러 들어갔어요. 사소한 실수가 있어서 이직했기 때문에 아무리 해도 방도가 없어서 임시방편으로, 알기 쉽게 말하면 그 집에서 기식(寄食)하는 것으로 결정한 셈입니다. 그러나 나쁜 일에서 완전히 손을 떼지 못해 빈둥거리고 있는 사이에 점

---

4) 주임(主任) : 신흥 종교 단체의 지역 교회의 책임자.

점 종지(宗旨)에 관한 일에도 익숙해지고 자연히 여러 가지 용무를 지시받게 되어, 종국에는 교회의 잡용 담당자로서 결국 자리 잡고 눌러앉고 말았습니다. 그래도 햇수로 5년이나 있었으니까요.

물론 저는 신자가 된 것은 아닙니다. 마음속이 신앙심이 결핍되어 있는데, 내막을 알아 버려서 짐짓 위엄부리는 얼굴을 하고 설교를 하는 주임이 뒤에서 하는 행동을 보면, 술을 마시질 않나, 여자에 미치질 않나, 부부 싸움은 그칠 새가 없다는 꼴이면 아무래도 신앙심도 생기지 않습니다. 수완가라고 불리는 사람에게는 흔히 있는 일이겠지만, 주임이라는 사람은 그런 남자입니다.

그런데 신자가 되면 그런 종지의 신자는 또한 각별합니다. 미치광이 같은 사람이 많습니다. 일반적인 절에 관해서는 잘 모르지만, 기진(寄進)5) 같은 것에서도 꽤 요란스럽게 합니다. 용케도 정말 아까워하는 기색도 없이 그렇게 많이 걷히는 법이구나 하고 저 같은 믿음이 없는 사람에게는 이상하게 생각될 정도입니다. 따라서 주임의 생활 형편은 정

---

5) 기진(寄進) : 사찰이나 신사 등에 금품을 기부하는 것. 희사. 봉납.

말 호사스럽습니다. 신자로부터 우려낸 돈으로 투기사업에 손을 대고 있었을 정도이니까요. 저는 원래 금방 싫증을 내는 성격이어서 지금까지 똑같은 일을 2년 계속한 적이 없을 정도입니다만, 바로 제가 교회에 5년이나 참았다는 것은 그런 까닭이고, 저 같은 사람에게도 자연히 수익이 잔뜩 있어 있기가 편했기 때문이지요. 그럼 왜 그런 좋은 일을 그만두어 버렸는가? 자, 그것이 제 이야기입니다.

그런데 그 지역 교회의 설교소(説教所)⁶⁾라는 곳은 벌써 십 몇 년이나 전에 세워진 것으로 제가 거기 갔을 때는 꽤 파손되기도 하고 더러워지기도 했습니다. 게다가 주임의 바뀌고 나서 갑자기 신자가 느는 바람에 상당히 비좁았습니다. 그래서 주임은 설교소를 증축해서 넓히고, 동시에 파손된 곳을 수리할 생각을 했습니다. 그렇다고 해도 따로 적립금이 있는 것이 아니고 본부에 말해 보았자 다소의 보조는 해 주겠지만 도저히 증축비용 전부를 지불하게 할 수는 없습니다. 결국은 신자로부터 기부금을 모으는 것 이외에는

---

6) 설교소(説教所) : 설교자가 설교하는 곳으로 신불이나 종문의 교리·가르침을 사람들에게 깨닫도록 말하기 위해 설치된 장소. 특히 기독교의 전도·예배 등을 위한 건물. 설교장.

123

방도가 없습니다. 비용라고 해도 증축이기에 일만 엔도 채 안 되는 금액입니다만, 시골의 지역 교회의 수완으로 그만큼 기부금을 모은다고 하는 것은 상당히 힘이 듭니다. 만일 주임에게 아까 말한 것 같은 장사 솜씨가 없었다면 아마 그렇게 잘되지는 않았겠지요.

그런데 주임이 취한 기부금 모집 수단이라는 것이 재미있습니다. 이렇게 되면 마치 사기인 것입니다. 먼저 신자 중에서 제일 부호, N시에서도 일류 상점의 영감님입니다만, 그 노인을 잘은 모르지만 하나님께서 현몽(現夢)하여 내리는 계시가 있었다는 등이라고 젠 체하고 잘 설복해서 기부자의 필두로 삼천 엔이었나, 내게 하고 만 것입니다. 그야, 이런 일에 있어서 무척 굉장한 솜씨가 있으니까요. 그런데 이 삼천 엔이 미끼가 되는 셈입니다. 주임은 그것을 현금인 채로, 비치되어 있는 소형 금고 안에 넣어 두고 신자가 올 때마다

"영검한 효험이 있습니다. 누구누구 씨는, 벌써 이처럼 거금의 기부를 하고 계십니다."

등과 같이 자랑스럽게 내보이고, 동시에 바로 그 그럴싸하게 신불(神佛)이 현몽(現夢)하여 내리는 계시를 이용하는

것이니까, 누구든지 완전히 거절하지 못하고 응분의 기부를 한다. 그중에는 비장의 저금을 몽땅 털어 신앙하고 있는 모습을 보이는 패거리도 있으니, 순식간에 기부금의 액수는 늘어나는 것이었습니다. 생각해 보면 그렇게 편한 장사는 없습니다. 열흘 정도 동안에 오천 엔이나 모였으니까요. 이 상태라면 한 달도 지나기 전에 예정한 증축비용은 쉽게 손에 쥘 수 있을 것이라고, 주임은 정말 기뻐서 어쩔 줄 모르는 모양입니다.

그런데 말이지요, 큰일이 생겼습니다. 어느 날 일어난 일인데 지역 교회의 주임 앞으로 실로 묘한 편지가 날아든 게 아닙니까? 여러분들께서 쓰시는 소설에서는 전혀 이상하지도 않은 일이겠습니다만, 실제로 그런 편지가 오면 조금 당황합니다. 그 문면은 "오늘밤 12시를 신호로 귀하의 처소에 모여 있는 기부금을 받으러 (청하지도 않았지만) 직접 방문하겠다. 준비를 부탁한다."라고 하는 것입니다. 무척 유별난 것을 좋아하는 놈도 있어서, 도둑질의 예고를 해 온 것입니다. 재미있지요. 잘 생각해 보면, 어처구니없는 것 같은 일이지만, 그때는 저 같은 사람은 파랗게 질렸습니다. 지금도 말하는 것처럼 기부금은 전부 현금으로 금고에 들어가 있고

125

그것을 많은 신자에게 과시하고 있으니까, 지금 교회에 목돈이 있다는 것은 일부 사람들에게는 다 알려져 있습니다. 어쩌면 나쁜 놈의 귀에 들어가 있지 않다고도 할 수 없습니다. 따라서 도둑이 들어오는 것은 이상하지는 않습니다만, 그것을 시간까지 예고하고 온다는 것은 정말 이상합니다.

주임 등은 "뭐 누군가의 장난이겠지."라고 하며 태연한 척합니다. 정말 장난도 아니면, 이렇게 일부러 조심하게 만드는 그런 편지를 보내는 도둑이 있을 리는 없으니까요. 하지만 말이지요, 이치는 뭐 그런 것이겠지만, 저는 아무래도 걱정이 되어서 어쩔 수 없습니다. 조심하는 것보다 좋은 것은 없다. 잠깐 이 돈을 은행에 맡기는 것이 좋지 않을까요, 라고 주임에게 권해 보아도, 주임 선생님은 전혀 상대해 주지 않습니다. 그럼 적어도 경찰에 신고해 두자고 간신히 주임을 납득시켜서 제가 가게 되었습니다.

정오가 지났을 무렵이었습니다. 치장하고 밖에 나가 경찰서 쪽으로 1정(町)⁷⁾정도 가자, 재수 좋게 건너편에서 사오일 전에 호적을 조사하러 와서 얼굴을 기억하고 있는 순

───────────────

7) 정(町) : 척관법에서의 거리 단위로 1정은 360자[60간(間)]이고 약 109 미터에 상당한다.

사가 터벅터벅 다가오는 것과 우연히 마주쳐서, 그 사람을 붙잡아서 실은 이러이러하다고 자초지종을 이야기했습니다. 정말 세게 보이는 온통 수염을 기른 무사(武士)인 순사이었습니다만. 제 이야기를 듣자 갑자기 웃음을 터뜨린 것이 아닙니까?

"이봐, 이봐! 자네는 세상에 그런 멍청한 도둑이 있다고 생각하는 거야? 아하하하, 감쪽같이 속았군. 감쪽같이."

무서운 얼굴을 하고 있지만, 상당히 도량이 넓어 작은 일에 구애받지 않는 남자로 보입니다.

"그러나 저희 입장이 되어 보면, 왠지 모르게 이렇게 기분이 나빠서 어쩔 수가 없습니다만, 만일의 경우를 위해 조사해 주실 수는 없을까요?"

제가 강하게 말하자,

"그럼 마침 오늘밤은 내가 그 부근을 돌기로 되어 있으니까 그때 한 번 가 볼게. 물론 도둑 같은 건 오지는 않겠지만, 어차피 가는 김이니까. 차라도 타 두게. 하하하하."

라고 끝까지 농담으로 넘기고 있습니다. 하지만 뭐, 와 준다고 하니까 저도 안심해서 아무쪼록 잊지 말라고 다짐을 하고 그대로 교회로 돌아왔습니다.

그런데 그날 밤입니다. 여느 때라면 밤의 설교라도 없는 한 벌써 9시경이 되면 자지만 오늘밤은 왠지 모르게 걱정이 되어서 잘 수도 없습니다. 저는 순사와의 약속도 있었기 때문에 차와 과자 준비를 시키고 안쪽에 있는 방 하나에서 -- 그것은 신자와 만나는 응접실이었습니다. -- 거기에 있는 책상 앞에 앉아 가만히 12시가 되는 것을 기다리고 있었습니다. 이상하게 도코노마(床の間)[8]에 놓여 있는 금고에서 눈을 뗄 수 없는 기분이 드는 것입니다. 그렇게 하는 사이에 쑥 돈만 사라져버리지는 않을까 하는 생각이 들어서요.

그래도 조금 걱정이 되는 것 같아 주임은 때때로 그 방에 찾아와서 제게 잡담 같은 것을 했습니다. 왜 그런지 되게 밤이 길게 느꼈습니다. 이윽고 12시가 가까워지자 고맙게도 약속을 어기지 않고, 낮에 만난 순사가 찾아왔습니다. 그래서 즉시 안쪽으로 들어와 달라고 해서 금고 앞에서 순사와 나와 셋이서 빙 둘러앉아 차를 마시면서 망을 보기로 했습

---

8) 도코노마(床の間) : 일반적으로 일본식 방의 안쪽을 가리키며, 다다미보다 한 단 높고, 네모지게 벽에는 족자를 걸고, 쑥 들어간 형태로 만들어진다. 바닥에는 꽃이나 장식물을 꾸며 놓는다.

니다. 아니, 망을 볼 생각으로 있던 것은 아마 저뿐이었을지도 모릅니다. 주임도 순사도 낮의 편지 같은 것은 처음부터 문제로 삼고 있지 않았습니다. 순사도 상당한 토론가로 주임을 붙잡고 열심히 종교론을 격렬하게 주고받고 있다. 주임은 마치 그런 토론을 하기 위해 온 것 같은 형국입니다. 그건 터벅터벅 어둠 속의 동네를 순회하고 있는 것보다는 차를 마시며 토론을 하는 쪽이 유쾌한 것이 틀림없기 때문이지요. 왠지 저 혼자 끙끙하며 걱정하고 있는 것이 어처구니없어졌습니다.

잠시 후 말하고 싶은 만큼 전부 말한 순사는 갑자기 생각난 듯이 제 얼굴을 보면서 말하는 것입니다.

"아, 벌써 12시 반이네. 그거 보게. 그것은 역시 장난이었나."

그렇게 되자 저도 다소 부끄러워서,

"네, 염려해 주신 덕분에."

애매하게 대답했습니다만, 순사가 금고 쪽을 보고,

"그런데 돈을 확실히 그 안에 들어있나요?"

라고 이상한 것을 묻는 게 아닙니까? 저는 조롱을 당한 것 같은 생각이 들어 다소 발끈했기 때문에,

"물론 들어있어요. 뭣하면 보여드릴까요?"
라고 빈정거리며 되받아쳤다.

　"정말 들어있으면 좋은데 말이야. 만약을 위해 일단 조사
해 두는 편이 좋을지도 몰라. 하하하하."
라고 상대방도 끝까지 조롱해옵니다. 저는 이제 부아가 나
서 견딜 수가 없어서,

　"보세요."
라고 하면서 금고의 번호 자물쇠를 돌려 그것을 열어 안에
있는 지폐 뭉치를 꺼내 보였습니다. 그러자 순사가,

　"정말, 그래서 이제 완전히 안심할 수 있네."

　저는 잘 흉내 낼 수 없지만, 그거 참 못된 양반이었어요.
왠지 이상하게 석연치 않은 어조로 의미 있는 듯이 히쭉히
쭉 웃고 있으니까요.

　"하지만 도둑에게는 어떤 수단이 있을지도 몰라. 자네는
이대로 돈이 있으니까 괜찮다고 생각하고 있겠지만 이것
은." 그렇게 말하며 순사는 거기에 놓여 있던 지폐 뭉치를
손에 들면서,

　"이것은 이미 훨씬 전에 도둑 것이 되어 있는지도 몰라."

　그 말을 듣자 저는 엉겁결에 오싹하며 몸서리를 쳤습니

130

다. 이렇게 뭐라고 정체를 알 수 없는 무서운 기분이 들었다. 이런 식으로 이야기해서는 전혀 알 수 없을지도 모릅니다만.

몇십 초 동안 우리는 말을 안 하고 가만히 있었습니다. 서로 상대의 눈 속을 응시하며 무슨 일인지 서로 탐색하고 있습니다.

"하하하하. 알았나? 그럼 이것으로 실례할게."

갑자기 순사는 그렇게 말하고 일어났습니다. 돈다발은 손에 쥔 채로 말이에요. 그러고 나서 다른 한 손에는 주머니에서 꺼낸 총을 빈틈없이 우리 쪽으로 향하면서 말이에요. 얄밉지 않습니까? 그때도 순사는 어조를 바꾸지 않고 실례한다는 식으로 말하는 것입니다. 어지간히 담찬 놈이네요.

물론 주임도 저도 소리를 낼 수도 없어 멍하니 앉은 채로 있었습니다. 깜짝 놀랐습니다. 설마 호적 조사하러 와서 낯이 익게 해 둔다는 새로운 수법이 있으리라고는 생각하지 못했습니다. 정말 진짜 순사라고 굳게 믿고 있었으니까요.

그 녀석은 그대로 방 밖으로 나갔습니다만, 돌아가는가 생각했더니 그렇지 않습니다. 나가고 나서 맹장지를 약간만 열어두고 그 틈을 통해 총구를 우리 쪽으로 향해 가만히 있는 것입니다. 오랫동안 전혀 움직이지 않는 것입니다. 어두워서 잘 모르지만 총 위의 틈을 통해 수상한 놈의 한쪽 눈알이 이쪽을 노려보고 있는 것 같은 생각이 듭니다. … 네, 알겠습니까? 역시 사업상 식견이 있으시군요. 그대로입니다. 상인방의 못에서 가는 끈으로 총을 매달아서 정말 사람이 겨냥하고 있는 것처럼 꾸민 것입니다. 그러나 그때의 우리에게는 그런 것을 생각할 여유같은 것은 있지 않았습니다. 당장이라도 땅하고 한 발 쏘고 오지는 않을까 하는 두려움으로 가득 찼기 때문입니다. 잠시 지나서 주임의 아내가 그 총이 보이는 맹장지를 열고 방으로 들어와서 겨우 상황을 알았다고 하는 형국입니다.

우스꽝스러웠던 것은 그런 돈을 훔치고 가는 순사를 아니 순사로 가장한 도둑을 주임 부인이 현관까지 정중하게 배웅한 것입니다. 특별히 큰 소리를 낸 것도 시끄럽게 떠든 것도 아니니까, 거실에 있던 부인은 전혀 상황을 알 수 없었던 것입니다. 거기를 지나갈 때 수상한 놈은 "실례가 많았습니다."라고 태연하게 부인에게 말을 걸었다고 합니다. "정말 배웅도 하지 못해서 죄송합니다."라고 부인도 조금 이상하게 생각했다고 합니다만, 여하튼 직접 현관까지 배웅했다고 합니다. 정말 뭇사람의 웃음거리가 되었습니다.

그러고 나서 자고 있던 고용인 등도 일어서 나와 큰 소동이 되었습니다만, 그때는 도둑은 이미 10정(町)이나 앞으로 도망치고 있을 무렵이었습니다. 모든 사람이 엉겁결에 문간까지 뛰쳐나갔습니다. 그리고 어두운 거리의 좌우를 바라다보면서, 저쪽으로 도망쳤다, 이쪽으로 도망쳤다고, 쓸데없는 논의와 결정에 시간을 보낸 것입니다. 밤이 깊어지고 나서 양쪽 상점 등도 문을 다 닫아서 거리는 캄캄합니다. 네 채 중 하나가 다섯 채 중의 하나 꼴로 동그란 처마에 다는 등이 드문드문 적적하게 빛나고 있을 뿐입니다. 그러자 맞은편 골목에서 떡하고 검은 그림자 하나가 나타나서 이쪽으로 다가오는 것이 아무래도 순사 같지 않습니까? 저는 그것을 보자 지금 도둑이 우리에게 맞서기 위해 다시 한번 돌아온 것이 아닌가 하고 생각하고 덜컥하고 말았습니다. 그리고 엉겁결에 주임의 팔을 잡고 말을 안 하고 그쪽을 손가락으로 가리킨 것입니다.

하지만 그것은 도둑이 아니라 이번에는 진짜 순사이었습니다. 그 순사가 와자지껄하게 떠들고 있는 것을 이상하게 생각했는지 무슨 일이 있느냐고 묻는 것입니다. 자 이야기를 들어 주십시오, 라는 것으로 도난 사건의 경위를 이야기하자, 순사가 말하기를 지금부터 쫓아가보았자 결국 소용없으니, 자기가 이제부터 경찰서에 돌아가서 당장 비상선을 치도록 수배를 하겠다, 물론 그 사람은 가짜 경찰관이 틀림없지만, 그런 복장을 하고 있으면 남의 눈에 띄기 쉬우니 틀림없이 잡힌다, 안심하라 라는 것으로 도난당한 금액과 도둑의 옷차림 등을 자세히 청취하고 수첩에 기입하고, 급히 서둘러서 되돌아갔습니다. 순사의 말투로는 이제 쉽게 도둑을 잡아서 돈을 되찾을 수 있다는 이야기였기 때문에, 우리도 몹시 믿음직스럽게 생각하고 한 시름 놓았습니다만, 그런데 좀처럼 허, 참 그렇게 잘 되는 것이 아닙니다.

오늘은 경찰에서 통지가 올까, 내일은 빼앗긴 돈을 돌아올까 하고, 그 일이 있고 나서 얼마 동안은 매일 그 일만 서로 이야기하고 있었습니다. 그런데 닷새 지나도 열흘이 지나도, 전혀 소식이 없는 것이 아닙니까? 물론 그러는 사이에 주임이 여러 차례 경찰에 출두해서 상황을 물었습니다만, 좀처럼 돈을 돌아올 것 기미가 없었습니다.

"경찰이라는 데는 실로 냉담하네. 이런 식이면 도저히 도둑은 잡히지 않을 거야."

주임은 점점 경찰의 방식에 정나미가 떨어져서, 형사 주임이 건방진 녀석이라든가 요전의 순사가 그렇게 책임지고 맡았으면서 요즘은 자기 얼굴을 보면 도망 다니고 있다든가 여러 가지 불평을 하게 되었습니다. 그렇게 반달이 지나고 한 달이 지났습니다만, 역시 도둑은 붙잡히지 않는 것입니다. 신자들도 집회 등을 열고 큰 소동을 피우고 있습니다만, 아무래도 그런 종지(宗旨)의 신자에 관한 일이기에 그런데 어떻게 하겠다는 지혜도 나오지 않는 것입니다. 그래서 빼앗긴 것은 빼앗긴 것으로 치고, 경찰에게 맡겨 두고 다시 기부금 모집에 착수하게 되었습니다. 그리고 바로 그 주임의 능숙한 구변에 상당한 성적을 올리고 결국 예상에 가까운 기부금이 모여 증축은 뭐 계획대로 잘 되었습니다만, 그것은 이 이야기와 관계가 없으니까 생략하게 하고.

그런데 도난 사건에서 두 달 정도 지난 어느 날 일이었습니다. 저는 좀 볼일이 있어 A시에서 5, 6십리 떨어진 곳에 있는 Y마을에 나간 적이 있습니다. Y마을에는 가까운 마을 중에서도 유명한 정토종(浄土宗) 사원이 있습니다만, 마침 제가 간 날에는 1년에 한 번 있는 성대한 강론이 시작되어 일주일 동안이라든가 해서, 그 사원 부근 일대는 법석대

고 있습니다. 곡예라든가 장애가 있는 사람의 가설 흥행장
이라든가 하는 가건물이 몇 개나 세워져서 여러 가지 음식
이나 완구의 노점이 즐비하게 늘어서서 야단법석을 떨며 몹
시 소란했습니다.

볼일을 마친 저는 특별히 서둘러서 돌아갈 필요도 없었
고 계절은 화창한 봄날이어서 쾌활한 음악과 사람들 목소리
에 이끌려서 사람들이 붐비는 곳에 발을 내디디고, 이쪽의
행상인, 저쪽의 구경거리를, 사람들이 많이 모여 있는 곳 뒤
에서 들여다보며 돌아다니고 있었습니다.

저것은 뭐였더라? 아마 틀림없이 치약을 팔기 위해 흥
행·요술을 하거나 싸구려 물건을 소리쳐 파는 사람이 많이
운집한 데였다고 생각합니다. 커다란 남자가 두꺼운 지팡이
를 휘두르며 무엇인지 지껄이고 있는 것이 많은 사람의 머
리 틈에서 보이고 있었습니다. 그것이 정말 재미있게 보여
서 저는 군중의 커다란 테 주위를 이리저리 왔다 갔다 하며
가장 잘 보일만한 곳을 찾아 걸어 돌아다니고 있었습니다.
그러자 그 구경꾼 속에 섞여 있던 시골 신사풍의 한 남자가
무심코 뒤를 돌아보고 있었습니다만, 그 사람을 본 저는 깜
짝 놀라서 엉겁결에 도망치려고 했습니다. 왜냐하면 그 남

자의 얼굴이 언젠가의 도둑과 꼭 닮은 것입니다. 다만 다른 데는 순사로 가장하고 있었던 때는 코밑에서, 턱에서 온통 수염을 기르고 있던 것이 지금은 깨끗하게 수염을 깎아 버린 점입니다. 어쩌면 저것은 얼굴 모양을 바꾸기 위한 가짜 수염인지도 모릅니다. 실로 놀랐습니다.

그러나 한 번은 도망치려고 자세까지 취했습니다만, 상대의 모습을 잘 보니 별반 저를 알아차린 것 같지도 않고 또 건너편을 향해 가만히 안의 연설을 듣고 있어서 우선 이것이라면 안심이라고 그 자리를 떠나 조금 떨어진 어묵가게의 천막을 친 곳의 뒤에서 슬며시 그 남자를 경계하며 서 있었습니다.

저는 벌써 가슴이 뛰는 것입니다. 하나는 무서움, 하나는 도둑을 찾은 즐거움으로 말이지요. 어떻게 해서라도 이 녀석 뒤를 미행해서 주소를 확인하고 경찰에 가르쳐 줄 수 있으면 그리고 만일 도둑 받은 돈이 일부라도 남아 있을 것 같으면 주임을 비롯해 신자들도 얼마나 기뻐할까? 그렇게 생각하자 왠지 모르게 이렇게 자기가 극중의 인물이 된 것 같은 생각이 들어 이상한 흥분을 느끼는 것입니다. 하지만 좀 더 상황을 지켜보고 이 남자가 정말로 그때의 도둑인지 어떤지를 확인할 필요가 있습니다. 사람을 착각하면 큰일이 니까요.

　잠시 기다리고 있었더니 그는 사람들이 많이 있는 곳을 떠나 어슬렁어슬렁 걷기 시작했습니다. 하지만 잘 보니 두 사람이 동행하고 있는 것입니다. 저는 그때까지 알아차리지 못하고 있었습니다만, 아까부터 그 남자 옆에 같은 복장의 남자가 서 있던 것이 친구인 것 같습니다. 뭐! 한 사람도 두 사람 일행도 미행하는 것은 똑같다고, 저는 들키지 않도록 조심하면서 사람들도 붐비는 데라서 2, 3간(間)의 간격으로 그들 뒤를 따라갔습니다. 귀하는 경험이 있습니까? 사람을 미행하는 것은 실로 어려운 일입니다. 너무 조심하면 놓칠 수도 있고 놓치지 않겠다고 하면, 아무래도 자기 몸을 위험에 드러내지 않으면 안 되고 소설에서 읽는 것처럼 편한 것은 아닙니다. 그런데 그들이 2, 3정(町)이나 간 곳에서 음식점 한 군데에 들어갔을 때는 저는 마음이 놓였습니다. 그러나 그때 그들이 음식점에 들어가려고 했을 때입니다. 저는 또 하나 큰 것을 발견했습니다. 그 이유는 두 사람 중의 도둑이 아닌 쪽의 남자 얼굴이 이상하지 않습니까? 그때 도둑을 잡아 주겠다고 말한, 또 다른 순사와 똑같았기 때문입니다. 아니, 잠시 기다려 주십시오. 그래도 이미 알았다고 하는 것은 아무리 귀하가 소설가라도 그것은 조금 너무 빠릅니다. 아직 남아 있는 이야기가 있습니다. 잠시만 더 참고 들어 주십시오.

그런데 두 남자가 음식점에 들어간 것을 보고 저는 어떻게 했는가 하면 이것이 소설이라면 그 음식점의 종업원에게 얼마간의 돈을 쥐어 주고 두 사람의 옆방으로 안내받아 맹장지에 귀를 대고 이야기하는 소리라도 듣는 것이겠지만 우스꽝스럽습니다. 저는 그때 음식점에 들어갈 만한 마침 갖고 있는 돈이 없었습니다. 지갑 안에는 기차 왕복표의 절반과 아마 확실히 일 엔도 채 되지 않는 돈밖에 들어있지 않았습니다. 그렇다고 해서 너무 이상한 일로 경찰에 신고한다는 판단도 서지 않고 또 그런 것을 하는 사이에 상대가 도망친다고 하는 걱정도 있어서 고생스럽게 저는 음식점 앞에 가만히 망을 보고 있었습니다.

그렇게 여러 가지 생각해 보니 아무래도 이것은 그때 처음 왔던 순사가 가짜인 것과 마찬가지로 나중에 온 순사도 바로 그 도둑을 잡아 주겠다고 한쪽도 말이지요, 그 사람도 가짜였다고 볼 수밖에 없습니다. 실로 감쪽같이 생각한 것입니다. 앞의 절반은 자주 있는 것으로 그다지 이상하지도 않겠지만, 뒤의 절반 즉 가짜 뒤에 또 같은 가짜를 제시하는 수법은 정말 잘 만들어져 있어요. 같은 조작이 두 개나 겹쳐 있으리라고는 전혀 생각할 수 없고 게다가 상대가 순사이니까 이번이야말로 진짜일 것이라고 누구나 방심하니까요. 이렇게 해 두면, 진짜 경찰에게 알려지는 것은 훨씬 나중이 되고 충분히 멀리까지 도망칠 수 있으니까요.

그런데 그렇게 생각해서 갑자기 깨달은 것은 만일 그들 두 사람이 한패라고 하면, 전혀 앞뒤가 맞지 않는 점이 있는 것입니다. 네, 그래요. 바로 그 점이에요. 지역 교회의 주임은 그때부터 경찰에 여러 차례 출두했기 때문에 나중에 온 순사가 가짜라면 금방 알았을 것입니다. 글쎄요? 저는 뭐가 뭔지 전혀 까닭을 알 수 없게 되었습니다.

한 시간이나 기다렸을까요? 이윽고 두 사람은 얼굴을 빨갛게 하고 음식점에서 나왔습니다. 저는 물론 그들의 뒤를 미행했습니다. 그들은 사람이 붐비는 곳을 떠나서 점점 호젓한 쪽으로 걸어갔습니다만, 어느 길모퉁이에 오자 잠깐 멈춰 서서 서로 끄덕인 채로 거기에서 헤어지고 말았습니다. 저는 어느 쪽을 미행할까 하고 꽤 망설였습니다만, 결국 돈을 가지고 간 쪽의 즉 처음 발견한 남자를 미행하기로 했습니다. 그는 술에 취해서 약간 비틀비틀하면서 변두리 쪽으로 걸어갑니다. 주위는 더욱 호젓해져서 미행하는 것이 상당히 어려워졌습니다. 저는 반 정(町)이나 뒤에서 되도록 처마 밑의 그림자가 지는 곳을 골라 흠칫흠칫하면서 따라갔습니다. 그렇게 걷고 있는 사이에 어느 틈인가 인가가 없는 변두리로 나와 버렸습니다. 잘 보니, 가는 쪽에 상당한 숲이 있고 그 안에 무엇인가 신사가 모셔져 있었습니다. 고장의 수호신을 모신 숲이라고도 할까요? 그곳으로 남자는 쑥쑥 들어가는 것이 아닙니까? 저는 아무래도 섬뜩해졌습니다. 설마 저 녀석의 주거가 그 숲 안쪽에 있는 것이 아닐까? 차라리 단념하고 돌아갈까 하고 생각했습니다만, 애써서 여기까지 미행해 온 것을 이제 와서 중지하는 것은 억울해서 저는 용기를 내서 계속해서 남자를 미행했습니다. 그러나 그렇게 숲속으로 한 걸음 발을 들여놓았을 때입니다. 저는 깜짝 놀라서 나도 모르게 선 채로 움직이지 못하고 말았습니다. 훨씬 맞은편 쪽으로 가 있다고만 생각하고 있던 남자가 의외로 커다란 나무줄기 뒤에서 갑자기 뛰어나와 내 눈 앞에 우뚝 선 것이 아닙니까? 그는 교활하게 보이는 웃음을 띠며 내 쪽을 가만히 보고 있는 것입니다.

그래서 저는 당장이라도 덤벼들지는 않을까 하고 준비하고 기다렸습니다만, 깜짝 놀랍게도 상대는,

"어이, 오랜만이야."

라고 마치 친구라도 만난 것 같은 어조로 이야기를 겁니다. 아니, 세상에는 정말 뻔뻔한 놈도 있구나 하고 이것에는 정말 질리고 말았습니다.

"한 번 인사드리러 가려고 생각하고 있었어."라고 그 녀석이 말하는 것입니다.

"그때는 실로 통쾌하게 당했으니까. 자타가 공인할 정도로 그 유명한 나도 자네 쪽의 두목에게는 감쪽같이 속았어. 자네, 돌아가면 안부 인사 전해 주게나."

물론 무슨 말인지 영문을 모르겠습니다. 저는 어지간히 이상한 얼굴을 하고 있었던 것 같습니다. 그 녀석은 웃음을 터뜨리면서 말하는 것입니다.

"그러고 보니 자네까지 속고 있는 것 아냐? 놀랐네. 그것은 전부 위조지폐였던 거야. 진짜라면 오천 엔이나 있으면, 조금 봉을 잡은 것인데. 아니야, 전부 잘 만들어진 위조지폐였어."

"뭐라고? 위조지폐라고? 그런 말도 안 되는 일이 어디 있어?" 저는 무의식중에 고함쳤습니다.

"하하하하, 깜빡 놀라고 있네. 뭣하면 증거를 보여 줄까? 이거 봐! 여기에 한 장, 두 장, 세 장, 이렇게 삼백 엔 있어. 전부 남들한테 줘 버려서 이제 이것밖에 안 남았어. 잘 봐 보렴. 잘 만들었지만, 완전히 위조지폐이니까."

그 녀석은 지갑에서 백 엔짜리 지폐를 꺼내서 그것을 내게 건네면서 말하는 것입니다.

"자네는 아무것도 모르니까 내 거처를 알아내려고 따라온 것이지만, 그런 짓을 하면 큰일 나. 자네 쪽의 우두머리의 신상이야. 신자를 속여서 등친 기부금을 위조지폐와 몰래 바꿔친 놈과 그것을 훔친 놈 중에서 어느 쪽이 죄가 무거울까? 말하지 않아도 알겠지? 자네, 이제 돌아가는 게 좋아. 돌아가면 우두머리에게 안부 인사를 잘 전해 주게. 내가 한 번 인사하러 가겠다고 했다고."

그렇게 말한 채 남자는 척척 맞은편으로 가 버렸습니다. 저는 백 엔짜리 지폐를 쥐고 오랫동안 멍하니 우두커니 서 있었습니다.

정말 그랬던 건가? 이것으로 완벽하게 이야기의 앞뒤가

맞는 셈이다. 지금 두 사람이 한패라고 하더라도 이상하지는 않습니다. 주임이 여러 차례 경찰서로 상황을 들으러 갔다고 하는 것은 전부 엉터리이었습니다. 그렇게 해 두지 않으면, 진짜로 경찰이 관련된 사건이 되어 도둑이 잡히면, 위조지폐의 일이 탄로 나고 마니까. 예고 편지가 왔을 때도 놀라지 않았을 것이다. 그렇다고 하더라도 사기꾼이었다고는 생각했습니다만, 이런 못된 짓을 저지르고 있었다니 정말 의외입니다. 주임 선생은 어쩌면 바로 그 투기사업에 손을 대서 실패했는지도 모릅니다. 그래서 어딘가에서 위조지폐를 사들여 와서 -- 중국인 같은 사람에게 부탁하면 정교한 것을 입수할 수 있다고 하니까요 -- 저나 신자 앞에서 잘 보이려고 겉을 꾸몄는지도 모릅니다. 그러고 보니 여러 가지 마음에 짚이는 점도 있는 것입니다. 용케도 지금까지 신자 쪽에서 경찰에 누설되지 않았던 거예요. 저는 도둑으로부터 배울 때까지 그것을 알아차리지 못한 자신의 어리석음이 화가 나서, 그 날은 집에 돌아가도 종일 불쾌했습니다.

그 뒤로는 왜 그런지 이상한 상태로 되어 버려서요. 아무리 그렇다고 하더라도 오래된 지인인 주임의 못된 짓을 공표할 수도 없으니 잠자코 있었습니다만, 어쩐지 있기에 편하지 않습니다. 지금까지는 품행이 나쁘다는 정도의 일이었습니다만, 이런 것을 알게 되니 이제는 하루도 지역 교회에 있을 기분이 안 드는 것입니다. 그 후 머지않아 밖에 일을 찾았기 때문에 곧바로 자청하여 그 집을 떠나 버렸습니다. 도둑의 부하가 되어서 일하는 것은 싫어서요. 제가 지역 교회를 떠난 것은 이런 이유에서입니다.

그러나 말이지. 이야기는 아직 남아 있습니다. 만들어낸 이야기 같다고 하는 것은 바로 여기에 관한 것입니다. 바로 그 위조지폐라고 하는 삼백 엔은 말이지, 추억을 위해 그러고 나서 죽 지갑 속에 넣어 두었습니다만, 어느 때 제 아내가 -- 이쪽으로 오고 나서 받은 것입니다. -- 그중의 한 장을 위조지폐라고 모르고 월말 지불에 쓴 것입니다. 그렇다고 하더라도 그것은 보너스 달로 저와 같은 가난한 사람의 지갑에도 얼마간 목돈이 들어있을 테니까요. 제 아내가 착각한 것은 당연합니다. 그리고 아니 그것이 무사히 통용된 것이 아닙니까? 하하하하. 어때요? 조금 재미있는 이야기이지요. 네! 무슨 까닭이라고 말씀하시는 것입니까? 아니, 그것은 그 후 특별히 조사해 보지도 않았습니다만, 지금까지도 모릅니다만. 제가 가지고 있던 삼백 엔이 위조지폐가 아니었던 것은 사실이에요. 나머지 두 장도 계속해서 아내의 설빔 값이 되었을 정도이니까요.

도둑놈 그때 실은 진짜 지폐를 훔쳐 두었으면서도 제 미행에서 벗어나기 위해 위조지폐도 아닌 것을 위조지폐라고 하고 저를 속인 것인지도 모릅니다. 그렇게 해서 아낌없이 내던지고 보이면 그것도 십 엔이나 이십 엔의 푼돈이 아니니까, 누구나 할 것 없이 쉽게 속아요. 실제로 저도 도둑의 말을 그대로 다 신뢰해서 별로 깊게 조사해 보지도 않았습니다. 그러나 그렇다고 하면 주임을 의심한 것은 실로 미안한 셈입니다. 그리고 또 한 사람의 도둑을 잡아 주겠다고 한 순사입니다. 그 사람은 도대체 진짜일까요? 가까일까요? 제가 주임을 의심한 동기는 그 순사가 도둑과 함께 음식점에 들어가거나 한 것부터입니다만, 지금 와서 생각해 보면 그 남자는 진짜 순사이면서도 나중에 도둑에게 매수되어 있었는지도 모릅니다. 또 어쩌면 직무상 그렇게 해서 점찍은 남자와 교제하며 즉, 탐정을 하고 있었는지도 모릅니다. 주임의 평소의 품행이 품행이었기 때문에 저는 그만 그런 식으로 단정해 버린 것입니다만.

그밖에도 아직도 여러 가지 생각하는 방법이 있습니다. 예를 들어 도둑놈에게 자기 딴에는 위조지폐라고 그리고 무심코 다른 진짜를 내게 건넸다고 생각할 수 없는 것은 아니니까요. 아니, 결말이 몹시 분명하지 않아서 이야기 정리를 안 되는 같지만 뭐, 만일 탐정소설로 하실 것이라면 이 중에 무엇으로 정해 버리면 되는 셈입니다. 어느 쪽이든 재미있지 않습니까? ⋯ 여하튼 저는 도둑에게서 받은 돈으로 아내의 설빔을 샀으니까요. 하하하하.

지붕 밑의 산책자屋根裏の散歩者

주요 등장인물

고다 사부로(ごうださぶろう) : 여자와 술뿐만 아니라 모든 것에 취미가 없는
　　　남자로, 일도 안 하고 살고 있다.

아케치 고로(明智小五郎) : 나중의 명탐정이 되는 사람이 아직은 신참의
　　　아마추어 탐정이었을 때의 일이다.

엔도(遠藤) : 이 소설의 피해자로, 치과 의사 조수 일을 하고 있다. 말이 많고
　　　방에는 이전에 여자와 함께 자살하기 위해 준비해 둔 독약을 지금도
　　　숨겨 가지고 있다.

I.

　아마 그것은 일종의 정신병이라고 하겠지요? 고다 사부
로(郷田三郎)는 어떤 오락도 어떤 직업도 무엇을 해봐도, 전
혀 이 세상이 재미없는 것이었습니다.

148

학교를 졸업하고 나서 -- 그 학교라고 해도 -- 1년에 며칠이라고 계산할 수 있을 정도밖에 출석하지 않았습니다만 -- 그가 할 수 있을 법한 직업은 닥치는 대로 해 보았습니다. 하지만 이것이야말로 평생을 바칠 가치가 있다고 생각할 만한 것은 아직 하나도 만나지 못했습니다. 아마 그를 만족시킬 직업 같은 것은 이 세상에 존재하지 않는지도 모릅니다. 길어야 1년 짧은 것은 한 달 정도로 그는 직업에서 직업으로 전전했습니다. 그리고 결국 가망 없는 것으로 단념했는지 지금은 더 이상 직업을 찾는 것도 아니고 문자 그대로 아무것도 안 하고 재미도 없는 하루하루를 보내고 있었습니다.

오락도 예전과 똑같았습니다. 가루타(카드놀이), 당구, 테니스, 수영, 등산, 바둑, 장기, 결국에는 각종 도박에 이르기까지 도저히 여기에는 다 쓸 수 없을 정도의 유희라는 유희는 하나도 남기지 않고 오락백과사전이라는 책까지 구입해서 찾아 돌아다니면서 시도해보았지만, 직업과 마찬가지로 이렇다 할 것도 없고 그는 항상 실망하고 말았던 것입니다. 그러나 이 세상에는 '여자'와 '술'이라고 하는 어떤 사람도 한평생 질리지 않는 멋진 쾌락이 있는 게 아닌가? 여러분께서는 틀림없이 그렇게 말씀하시겠지요. 그러나 우리 고다 사부로는 이상하게도 그 두 가지에 대해서도 흥미를 느끼지 않았습니다. 술은 체질에 맞지 않는 것인지 한 방울도 마시지 못하고 여자는 물론 그 욕망이 없는 것은 아니고 상당히 놀기도 하고 있지만, 그렇다고 해서 이것이 있다고 해서 사는 보람을 느낄 정도까지는 아무리 해도 생각되지 않습니다.

"이렇게 재미없는 세상에 오래 사는 것보다는 차라리 죽어버리는 것이 낫다."

툭하면 그는 그런 것을 생각했습니다. 그러나 그에게도 목숨을 아까워하는 본능만은 갖추고 있는 것 같아 25세인 오늘 이날까지 "죽겠다, 죽겠다."라고 하면서도 자기도 모르게 차마 죽지 못하고 오래 살고있는 것이었습니다.

부모로부터 매달 얼마간의 송금을 받을 수 있는 그는 직업을 그만두어도 별반 생활에는 곤란하지 않습니다. 한 가지는, 그런 안심이 그를 이렇게 제멋대로 살게 만든 것인지도 모릅니다. 그래서 그는 송금 받은 돈으로 적어도 얼마든지 재미있게 사는 것에 부심했습니다. 예를 들어 직업이나 유희와 마찬가지로 빈번히 숙소를 바꾸며 돌아다니는 것도 그 하나이었습니다. 그는 조금 과장되게 말하면 도쿄에 있는 모든 하숙집을 한 군데도 남기지 않고 알고 있었습니다. 한 달이나 반 달 정도 있으면 금방 다른 하숙집으로 이사 가는 것입니다. 물론 그러는 사이 방랑자처럼 집을 나서서 여행하며 돌아다닌 적도 있습니다. 또는 신선처럼 깊은 산속에 틀어박혀 본 적도 있습니다. 하지만 도시에 오래 살아 익숙해진 그는 도저히 적적한 시골에 오래 있을 수는 없습니다. 잠깐 여행을 떠났는가 싶으면 어느 틈인지 도시의 불빛에 혼잡함에 끌어 당겨지는 것처럼 그는 도쿄로 돌아오는 것입니다. 그리고 그때마다 하숙을 바꾼 것은 말할 나위도 없었습니다.

그런데 그가 이번에 이사 간 집은 도에칸(東栄館)이라고 하는 신축한 지 얼마 되지 않은 아직 벽에 습기가 있는 것 같은 아직 아무도 살지 않은 하숙집이었습니다만, 여기에서 그는 멋진 즐거움을 하나 발견했습니다. 그리고 이 한 편의 이야기는 바로 그가 새로 발견한 것과 관련이 있는 살인사건을 주제로 한 것입니다. 그러나 이야기를 진행하기 전에 주인공 고다 사부로(郷田三郎)가 아마추어 탐정인 아케치 고고로(明智小五郎)(이 이름은 아마 알고 계시리라고 생각합니다.)와 알게 되어, 지금까지 전혀 알지 못했던 '범죄'라는 것에 새로운 흥미를 느끼게 된 경위에 관해 약간만 말씀드려야 할 것 같습니다.

두 사람이 알게 된 계기는 어떤 카페에서 그들이 우연히 함께 있게 되었는데 그때 같이 온 사부로의 친구가 아케치를 알고 있어서 소개한 것에서 시작된 것입니다. 사부로는 그때 아케치의 총명하게 보이는 용모나 이야기하는 태도나 행동거지 등에 흠뻑 매료되어 그러고 나서 종종 그를 방문하게 되고 또 때로는 아케치 쪽에서도 사부로 하숙집에 놀러 찾아오는 그런 사이가 된 것이다. 아케치 쪽에서는 어쩌면 사부로의 병적인 성격에 -- 일종의 연구자료로서 -- 흥미를 발견했는지도 모르지만, 사부로는 아케치로부터 각종 매력 있는 범죄 이야기를 듣는 것을 특별히 다른 생각 없이 즐기고 있었습니다.

동료를 살해하고 그 시신을 실험실 화덕에서 재로 만들어 버리려고 한 웹스터(Webster) 박사의 이야기, 수개국의 언어에 정통하고 언어학상 커다란 발견까지 한 유진 아람(Eugene Aram)의 살인죄, 소위 보험마(保險魔)로 동시에 뛰어난 문예 비평가였던 헨리 웨인라이트(Henry Wainwright)

의 이야기, 어린이의 둔육(臀肉 ; 볼기 살)을 달여서 의부(義父)의 나병을 고치려고 한 노구치 오사부로(野口男三郎)의 이야기, 그리고 또 수많은 여자를 아내로 삼고는 하나하나 죽여 버린 소위 (연쇄 살인범) 앙리 디지레 랜드뤼(Henri Desire Landru)라든가 암스트롱 등의 잔인하고 포악한 범죄 이야기, 이것들은 몹시 따분했던 고다 사부로를 얼마나 기쁘게 만들었을까요? 아케치의 달변의 말투를 듣고 있으면 이들 범죄 이야기는 마치 현란한 극채색의 두루마리로 된 그림처럼 바닥을 알 수 없는 매력으로 사부로의 눈앞에 또렷이 떠오르는 것이었다.

아케치를 알고 나서 2, 3개월 동안 사부로는 거의 이 세상의 따분함을 잊어버린 것처럼 보였습니다. 그는 각종 범죄에 관한 서책을 사들이고 매일 매일 그것을 탐독했습니다. 이들 서책 안에는 에드거 앨런 포(Edgar Allan Poe)라든가 호프만(Hoffmann, Ernst Theodor Amadeus)이라든가 또는 에밀 가보리오(Emile Gaboriau)이라든가 뒤 보아고베(Du Boisgobey, Fortune)이라든가 그밖에 여러 가지 탐정소설 등도 섞여 있었습니다. "아, 세상에는 아직도 이렇게 재미있는 것이 있었던가?" 그는 서책의 마지막 페이지를 덮을 때마다 후유하고 한숨을 쉬면서 그렇게 생각했습니다. 그리고 가능하다면 자기도 이들 범죄 이야기의 주인공 같은 눈부시고 현란한 유희(?)를 해 보고 싶다는 엉뚱한 것까지 생각하게 되었습니다.

그러나 그렇게 생각한 사부로도 역시 법률상의 죄인이 되는 것만은 아무리 생각해도 원치 않았습니다. 그는 또 부모나 형제나 친척과 지기(知己) 등의 비탄과 모욕을 무시하면서까지 즐거움에 빠지는 용기는 없습니다. 이들 서책에 의하면 어떤 교묘한 범죄도 반드시 어딘가에 파탄이 생기고 그것이 범죄 발각의 실마리가 되어 한평생 경찰의 눈으로부터 도망친다는 것은 극히 일부의 예외를 제외하고는 전혀 불가능한 것처럼 보입니다. 그에게는 그것이 두려운 것이었습니다. 그의 불행은 세상의 모든 일에 흥미를 느끼지 못하고 하필이면 '범죄'에만 이루 표현할 수 없는 매력을 느끼는 것이었습니다. 그리고 가일층의 불행은 발각을 두려워하기 때문에 그 '범죄'를 행할 수 없다는 것이었습니다.

그래서 그는 얼추 손에 입수할 만한 서책을 다 읽자 이번에는 '범죄'를 흉내 내는 일을 시작했습니다. 흉내 내는 일이라서 물론 처벌을 두려워할 필요는 없습니다. 그것은 예

154

를 들면 이런 것을.

그는 이미 훨씬 전에 질려 버린 그 아사쿠사(浅草)에 다시 흥미를 느끼게 되었습니다. 장난감 상자를 쏟아버리고, 그 위에서 여러 가지 칙칙한 그림물감을 늘어뜨린 것 같은 아사쿠사 유원지는 범죄 기호자로서는 더할 나위 없이 좋은 무대이었습니다. 그는 그곳에 가서는 영화관과 영화관 사이의 사람 한 명이 겨우 지나갈 수 있는 정도의 좁고 어두운 골목이나 공동변소 배후 등에 있는 아사쿠사에도 이런 여유가 있는가 생각되는 그런 이상하게 텅 빈 공터를 즐겨 떠돌아다녔습니다. 그리고 범죄자가 같은 부류라고 전달하는 것처럼 백묵으로 그 부근의 벽에 화살표를 쓰며 돌아다니거나 부자처럼 보이는 통행인을 발견하면 자기가 소매치기라도 된 것처럼 끝까지 그 뒤를 미행해 보거나 묘한 암호문을 쓴 종잇조각을 (그것에는 항상 무시무시한 살인에 관한 것 등을 적은 것입니다.) 공원 벤치의 널빤지 사이에 끼워 놓고 나무 그늘에 숨어 누군가가 그것을 발견하는 것을 잠복해서 기다리고 있거나, 그밖에 비슷한 각종 유희를 하고는 혼자서 즐기는 것입니다.

그는 또 여러 차례 변장하고 한 동네에서 다른 동네로 떠

돌아다녔습니다. 노동자가 되어 보거나 거지가 되어 보거나 학생이 되어 보거나 여러 가지 변장을 한 것 중에서도 여장을 하는 것이 가장 그의 나쁜 버릇을 기쁘게 해주었습니다. 그러기 위해 그는 옷이나 시계 등을 미련 없이 팔아 치우고 고가의 가발이라든가 여자의 헌옷을 사 모아서 오랜 시간이 걸려서 좋아하는 여자 모습이 되면 머리 위로 외투를 푹 걸치고 야심할 때 하숙집 입구를 나오는 것입니다. 그리고 적당한 장소에서 외투를 벗고 어떨 때는 적막한 공원을 어슬렁거려 보거나 어떨 때는 이미 그날의 흥행이 끝난 영화관에 들어가서 일부러 남자 자리 쪽으로 잠입해 보거나 끝내는 음란한 못된 장난까지 해 보는 것입니다. 그리고 복장에 의한 일종의 착각에서 마치 자신이 닷키노오햐쿠(姐妃のお百)1)이라든가, 우와바미오요시(蟒蛇お由)2)이라든가 하는 독부(毒婦)라도 된 기분으로 여러 남자들을 자유자재로 농락

---

1) 닷키노오햐쿠(姐妃のお百) : 에도(江戸) 후기, 야담, 실록물 등에서 집안 상속이나 권력 투쟁 등에서 일어난 분쟁에서, 모반을 일으키는 쪽의 히로인으로 일본 최대의 악녀로 평가되었던 여성. 중국 은나라의 주왕이 비로 잔인함과 음탕함으로 알려진 달기(姐己)를 관련시켜 이렇게 불렸다.

2) 우와바미오요시(蟒蛇お由) : 가부키(歌舞伎)·조류리(浄瑠璃)의 제목.

하는 모습을 상상하고는 즐기는 것입니다.

그러나 이들 '범죄'를 흉내 내는 것은 어느 정도까지 그의 욕망을 만족시켜 주긴 했지만, 그리고 때로는 약간 재미있는 사건을 일으키는 일 등을 해서 잠시 동안은 충분히 위로라도 되었지만, 흉내 내는 것은 어디까지나 흉내 내는 것으로 위험이 없는 만큼 ('범죄'의 매력은 보기에 따라서는 바로 그 위험에 있기 때문에) 흥미도 적고 그렇게 언제까지나 그를 어찌할 바를 모르게 만드는 힘은 없었습니다. 약 3개월쯤 지나자 어느 사이에 그는 이 즐거움으로부터 멀어지게 되었습니다. 그리고 그렇게도 매료되었던 아케치와의 교류도 점점 서먹서먹해졌습니다.

II.

이상의 이야기로, 고다 사부로와 아케치 고고로의 교류 또는 사부로의 범죄 기호 습관 등에 관해 독자 여러분께서 이해해 주셨다고 판단하고 그럼 본론으로 돌아가서, 도에이칸(東栄館)이라는 신축 하숙집에서 고다 사부로가 어떤 즐거움을 발견했는가 하는 점에 이야기를 진행하기로 하겠습니다.

사부로가 도에이칸의 건축이 완성되는 것을 학수고대하고 맨 먼저 그곳으로 이사한 것은 그가 아케치와 교류를 맺은 때부터 1년 이상이나 경과했습니다. 따라서 그 '범죄'의 흉내 내는 것에도 이제 전혀 흥미가 없어지고, 그렇다고 해서 그것을 대신할 만한 일도 없고 그는 매일 매일 무료하고 길고 긴 시간을 보낼 수밖에 없었습니다. 도에이칸으로 이사 간 얼마 동안은 그래도 새 친구가 생기거나 해서 다소 우울한 기분이나 시름 등이 잊혔지만, 인간이라는 것은 이 얼마나 무료하기 짝이 없는 생물인가요. 어디에 가 보아도 같은 사상을 같은 표정으로 같은 말로 되풀이하고 반복해서 서로 발표하는 것에 지나지 않습니다. 애써 하숙집을 바꿔 새로운 사람들과 접해 보아도 일주일 지날까 지나기 전에 그는 다시 바닥을 알 수 없는 권태 속에 가라앉고 마는 것이었습니다.

그렇게 도에이칸으로 옮기고 열흘 정도 지난 어느 날 일입니다. 너무 무료한 나머지 그는 문득 이상한 것을 생각해냈습니다.

그의 방에는 -- 그것은 이층에 있었는데, -- 싸구려 같은 도코의마(床の間)3) 옆에 다다미 여섯 장 크기의 벽장이 붙어 있고 그 내부는 상인방과 하인방의 딱 중간쯤에 벽장 가득히 견고하고 튼튼한 선반이 있어 상하 이단으로 나누어져 있습니다. 그는 그 아랫단 쪽에 고리짝 몇 개를 넣어두고 위쪽 단에는 이불을 얹는 것으로 하고 있었는데 하나하나 거기에서 이불을 꺼내고 방 한 가운데에 까는 대신에 시종 선반 위에 침대처럼 이불을 겹쳐 놓고 졸리면 거기에 올라가서 자는 것으로 하면 어떨까? 그는 그런 것을 생각했습니다. 이것이 지금까지의 하숙집이라면 설령 벽장 속에 같은 선반이 있어도 벽이 몹시 더러워져 있거나 천장에 거미줄이 쳐 있거나 해서 쉽사리 그 안에 잘 생각은 들지 않았겠지만, 여기 벽장은 신축한 지 얼마 안 되었기에, 몹시 깨끗하고 천장도 새하얗고 노랗게 칠한 매끄러운 벽에도 얼룩 하나 생기지 않아서 전체 느낌이 선반을 만드는 방식에도 기인하겠지만, 왠지 모르게 배 안의 침대와 닮아 이상하게 한 번 거기

---

3) 도코의마(床の間) : 일본 건축에서 다다미방의 바닥을 한 단 높게 해서 족자·장식물·꽃 등을 장식하는 곳.

에서 자고 싶은 그런 유혹조차 느낍니다.

그래서 그는 당장 그 날 밤부터 벽장 안에서 자는 것을 시작했습니다. 이 하숙은 방마다 내부에서 문단속을 할 수 있게 되어 있어 하녀 등이 무단으로 들어오는 일도 없어 그는 안심하고 이 기행(奇行)4)을 계속할 수 있었습니다. 그런데 거기에서 자 보니 예상외로 느낌이 좋은 것입니다. 이불 넉 장을 겹쳐 쌓고 그 위에 푹신하게 누워 뒹굴어 눈 위 두 자 정도 있는 곳에 다가오는 천장을 바라다보는 기분은 약간 기이한 묘미가 있습니다. 맹장지를 꽉 닫고 그 틈새에서 새어 들어오는 실 같은 전기 빛을 보고 있으면 왠지 모르게 자기가 탐정소설 속의 인물이라도 된 것 같은 생각이 들어, 유쾌하고 또 그것을 실눈을 뜨고 거기에서 자기 자신의 방을 도둑이 남의 방이라도 훔쳐보는 것 같은 기분으로 여러 가지 격정적인 장면을 상상하면서 바라다보는 것도, 흥미가 있었습니다. 때에 따라 그는 대낮부터 벽장 속으로 파고 들어가서 한 간(間)5) 석 자6)의 직사각형 상자 같은 속에서 아

---

4) 기행(奇行) : 기이한 행동.

5) 간(間) : 6자(척)로 약 1.818m에 상당한다.

6) 자 : 한 치의 열 배로 약 30.3cm에 상당한다. 척(尺)

주 좋아하는 담배를 뻐끔뻐끔 피우면서 걷잡을 수 없는 망상에 빠지는 적도 있었습니다. 그럴 때는 꼭 닫은 맹장지 틈으로 벽장 속에서 불이라도 시작된 것이 아닌가 하고 생각이 들 정도로 엄청난 하얀 연기가 새어 나오고 있었습니다.

그러나 이 기행을 이삼일 계속하는 사이에 그는 다시 이상한 것을 깨달았습니다. 싫증을 잘 내는 그는 3일째쯤이 되면 더 이상 벽장 침대에는 흥미가 없어지고 할 일이 없어 심심해서 그곳의 벽이나 자면서 손이 닿는 널빤지에 낙서 같은 것을 하고 있었는데, 문득 생각이 들자 마침 머리 위의 널빤지 한 장에 못을 박는 것을 잊어버렸는지 왠지 모르게 푹신푹신하게 움직이는 것 같습니다. 어찌 된 일인가 하고 생각해서 손으로 세게 밀어 들어 올려 보니, 쉽사리 위쪽으로 빠지기는 빠집니다만, 이상하게도 그 손을 떼면 못을 박은 곳은 하나도 없는데 마치 용수철 장치처럼 원래대로 돌아가 버립니다. 손에 받는 느낌은 아무래도 누군가가 위에서 꽉 누르고 있는 것 같습니다.

글쎄 혹시 마치 널빤지 위에 뭔가 생물이 예를 들어, 커다란 구렁이인가 뭔가가 있는 것은 아닐까 하고 사부로는 갑자기 어쩐지 기분이 나빠졌지만, 그대로 도망치는 것도

161

유감스럽기 때문에 계속해서 손으로 밀어봐 보았더니 묵직하게 무거운 반응을 느낄 뿐만 아니라 널빤지를 움직일 때마다 그 위에서 무엇인지 데굴데굴 둔탁한 소리가 나는 것이 아닙니까? 더욱더 이상합니다. 그래서 그는 과감히 힘껏 그 널빤지를 밀어젖혀 보았더니 그러자 바로 그 순간 와르르 하는 소리가 나고 위에서 무엇인가가 떨어졌습니다. 그는 눈 깜짝할 사이에 홱 한옆으로 물러났기에 망정이지 만일 그렇지 않았다면 그 물체에 부딪혀서 큰 상처를 입을 뻔했다.

"이거 뭐야? 하찮은 거잖아?"

그러나 그 떨어진 물건을 보자 뭔가 색다른 것이라도 있으면 좋다고 생각하고 적잖이 기대하고 있던 그는 너무 심해서 질려 버렸습니다. 그것은 누름돌[7]을 작게 한 것 같은 그냥 자갈에 지나지 않았습니다. 잘 생각해 보면 별로 이상하지도 아무것도 아닙니다. 전등 인부가 지붕 밑으로 기어드는 통로에 널빤지를 한 장만 일부러 떼어서 그곳에서 쥐 같은 것이 벽장에 들어가지 않도록 자갈로 누름돌을 해 둔

---

7) 누름돌 : 채소 등을 절일 때 위에 얹어놓는 돌.

것입니다.

그것은 정말 당치도 않은 희극이었습니다. 하지만 그 희극이 기연(機緣)[8]이 되어 고다 사부로는 어떤 멋진 즐거움을 발견하게 된 것입니다.

그는 잠시 자기 머리 위에 열려 있는 굴 입구라고도 할 만한 느낌이 드는 그 천장 구멍을 바라다보고 있었는데, 문득 가지고 태어난 호기심에서 도대체 지붕 밑이라는 것은 어떤 식으로 되어 있는 것일까? 하고 두려워하면서 그 구멍에 목을 넣고 주위를 둘러보았다. 그것은 마침 아침이라서 지붕 위에는 이미 해가 내리쬐고 있는 것 같았고, 여기저기 틈에서 가는 광선이 마치 크고 작은 무수의 탐조등을 비추기라도 하는 것처럼, 지붕 밑의 공동에 쏟아져 들어오는 거기는 의외로 밝은 것입니다.

우선 먼저 눈에 띄는 것은, 세로로 기다랗게 가로 놓인 두껍고 구불구불한 이무기 같은 마룻대입니다. 밝다고 해도 지붕 밑이기 때문에 그렇게 멀리까지는 앞이 내다보이지 않는 것과 게다가 가늘고 긴 하숙집 건물이라서 실제로 긴 마

---

8) 기연(機緣) : 어떠한 기회와 인연.

룻대이기도 했지만, 그것이 저쪽은 희미하게 보일 정도로 멀리멀리 하나로 이어져 있는 것처럼 생각됩니다. 그리고 그 마룻대와 직각으로 이것은 이무기의 늑골에 상당하는 많은 대들보가 양쪽으로 지붕 경사를 따라 비죽비죽 내밀고 있습니다. 그것만으로도 무척 웅대한 경치이지만 게다가 천장을 떠받치기 위해 대들보에서 무수한 가느다란 막대기가 드리워져 있고 그것이 마치 종류동의 내부를 보는 그런 느낌을 일으키게 합니다.

사부로 "이건 멋진데."

일단 지붕 밑을 둘러보고 나서 사부로는 자기도 모르게 그렇게 중얼거리는 것이었습니다. 병적인 그는 세상 일반의 흥미에는 이끌리지 않고 일반인에게는 시시하게 보이는 것 같은 이런 사물에 오히려 이루 표현할 수 없는 매력을 느끼는 것입니다.

그 날부터 그의 '지붕 밑 산책'이 시작되었습니다. 낮과 밤을 가리지 않고 틈만 있으면 그는 도둑고양이처럼 발소리를 내지 않고 마룻대나 대들보 위를 타고 걷는 것입니다. 다행히 지은 지 얼마 안 되는 집이라서, 지붕 밑에 으레 따라다니는 거미집도 없고 그을음과 먼지도 아직 조금도 쌓여 있지 않고 쥐가 더럽힌 흔적도 없습니다. 그러므로 옷이나 손발이 더러워질 염려도 없습니다. 그는 셔츠 한 장만 입고 마음껏 지붕 밑을 거리낌 없이 함부로 날뛰어 다녔습니다. 계절도 때마침 봄이어서 지붕 밑이라고 해서 그다지 덥지도 춥지도 않습니다.

Ⅲ.

도에이칸(東栄館) 건물은 하숙집 등에는 많이 있는 한 가운데에 정원을 둘러싸고 그 가장자리에 동자주(童子柱)[9]에 방이 늘어서는 것처럼 만들었기 때문에 따라서 지붕 밑도 죽 그 형태로 이어져 있어 막다른 곳이라는 것이 없습니다. 그의 방의 지붕 밑에서 출발해서 빙하고 한 바퀴 돌면 다시 원래 그의 방의 위까지 돌아오게 되어 있습니다.

아래에 있는 방들에는 아주 엄중하게 벽으로 칸막이가

---

9) 동자주(童子柱) : 동자기둥. 들보 위에 세우는 짧은 기둥.

되어 있어 그 출입구에는 문단속하기 위한 쇠 장식까지 설치되어 있는데도 한 번 지붕 밑에 올라가 보면 이것은 또한 어쩌면 그토록 개방적인 모습일까요? 누구 방 위를 걸어 돌아다니든 자유자재입니다. 만일 그런 생각이 있으면, 사부로의 방과 같은 자갈이 누름돌로 되어 있는 곳이 군데군데 있기 때문에 거기에서 다른 사람의 방에 몰래 들어가서 도둑질을 행할 수도 있습니다. 복도를 지나서 그것을 하는 것은 지금도 말하는 것처럼 동자주(童子柱) 건물의 각 방향에 남의 눈이 있을 뿐만 아니라 언제 어느 때 다른 숙박하는 사람이나 하녀 등이 마침 그곳을 지나가지 않는다고도 할 수 없으니까, 대단히 위험하지만 지붕밑의 통로로부터는 절대로 그 위험은 없습니다.

그리고 또 여기에서는 남의 비밀을 틈으로 들여다보는 것도 자기 멋대로 하는 것입니다. 신축이라고 해도 날림공사로 지은 하숙집이라서 천장에는 도처에 틈이 있습니다. (방 안에 있으면 알아차리지 못하지만 어두운 지붕 밑에서 보면 그 틈이 의외로 큰 데에 깜짝 놀랍니다) 드물게 옹이구멍도 있습니다.

이 지붕 밑이라는 굴지의 무대를 발견하자 고다 사부로의 머리에는 어느 사이엔가 잊어버리고 있던, 그 범죄 기호 습성이 다시 불끈불끈 끓어오르기 시작하는 것이었습니다. 이 무대라면 그 당시 시도해본 것보다도 더더욱 자극이 센 '범죄를 흉내 내는 것'이 틀림없이 가능하다. 그렇게 생각하자 그는 정말 기뻐서 어찌할 바를 몰랐습니다. 어째서 이렇게 가까운 곳에 이런 재미있는 흥미가 있는 것을 오늘날까지 깨닫지 못하고 있었던 걸까요? 마물(魔物)[10]처럼 어둠의 세계를 돌아다니며 20명에 가까운 도에이칸의 이층에 숙박하는 사람의 비밀을 계속해서 틈으로 들여다보며 가는 그 일만으로도 사부로는 이제 마냥 유쾌합니다. 그리고 오랜만에 사는 보람을 느끼기조차 하는 것입니다.

그는 또 이 '지붕 밑의 산책'을 더욱 흥을 돋우기 위해 먼저 몸차림부터 정말 진짜 범죄인 같이 치장하는 것을 잊지 않았습니다. 딱 몸에 붙는 짙은 갈색의 모직 셔츠 같은 양복 바지 안에 입는 속옷 (가능하다면 옛날에 활동사진에서 본 여자 도둑 프로테아처럼 새카만 셔츠를 입고 싶지만 마침

---

10) 마물(魔物) : 사람을 미치게 해서 해를 끼치는 그런 성질을 지닌 도깨비나 요괴 같은 부류.

그런 것은 가지고 있지 않아서 뭐 참기로 하고) 버선을 신고 장갑을 끼고(지붕 밑은 전부 거칠게 깎은 목재뿐으로 지문이 남을 걱정 등은 거의 없지만) 그리고 손에는 권총을…… 가지고 싶어서 그것도 없어 회중전등을 들기로 했습니다.

심야 등 낮과는 달리 새어 나오는 광선의 양이 극히 적어서 좀처럼 앞도 분간할 수 없는 어둠 속을 조금도 소리를 내지 않도록 주의하면서, 그 모습으로 살살 마룻대 위를 타고 있으면 무엇인가 이렇게 자기가 뱀이라도 되어 두꺼운 나무줄기를 기어 다니고 있는 듯한 기분이 들어 자기 스스로 이상하게 대단한 생각이 들기 시작합니다. 하지만 그 대단함이 어떤 인과인지 그에게는 가슴이 설렐 만큼 기쁜 것입니다.

이렇게 해서 며칠 동안 그는 기뻐서 어찌할 바를 모르고 '지붕 밑의 산책'을 계속했습니다. 그동안은 여러 가지로 그를 기쁘게 만드는 그런 일이 생겨 그것을 기록하기만 해도 충분히 한 편의 소설이 완성될 정도입니다만 이 이야기는 본 주제와 직접 관계가 없는 일이기 때문에, 유감이지만 줄여서 극히 간단하게 두서 가지 예를 말씀드리는 것으로 그치겠습니다.

천장으로부터 틈으로 들여다본다는 것이 얼마나 이상한 흥미가 있는 것인가는 실제 해 본 사람이 아니면 아마 상상도 할 수 없을 것입니다. 설령 그 아래에 특별히 사건이 일어나고 있지 않아도 아무도 보고 있는 사람이 없다고 믿고 그 본성을 속속들이 드러낸 인간이라는 것을 관찰하기만 해도 정말 재미있는 것입니다. 잘 주의해서 보면, 어떤 사람들은 그쪽에 남이 있을 때와 혼자일 때는 행동은 물론 그 표정까지 완전히 달라지는 법이라는 것을 발견하고 그는 적잖이 놀랐습니다. 게다가 평소 옆에서 같은 수평선으로 보는 것과 달리 바로 위에서 내려다보기 때문에 이 눈의 각도의 차이에 따라 평소의 다다미방이 무척 이상한 경치로 느껴집니다. 사람은 머리 꼭대기나 양어깨가 책장, 책상, 장롱, 화로 등은 그 위쪽 면만이 주로 눈에 비칩니다. 그리고 벽이라는 것은 거의 안 보이고 그 대신 모든 물건의 뒤에는 다다미가 가득 펼쳐져 있는 것입니다.

아무 일이 없어도 이런 흥미가 있는 데에, 거기에는 왕왕 익살스러운 비참한 혹은 굉장한 광경이 전개되고 있습니다. 평소에는 과격한 반자본주의 주장을 말하는 회사원이 아무도 안 보는 데에서는 막 받은 승급 사령장을 둘로 접게 된 손가방에서 꺼내거나 집어넣거나 몇 번이고 질리지 않고 바라다보며 기뻐하는 광경, 단정치 못한 입고 있는 기모노를 평상복으로 만들어 허무한 호사스러움을 보이는 어떤 투기꾼이 막상 잠자리에 들 때는 낮에는 아주 아무렇게나 입고 있던 기모노를 여자처럼 조심스럽게 접고 잠자리 밑에 깔 뿐만 아니라 얼룩이라도 묻었다고 보이면, 그것을 공들여 입으로 핥고(의복 등의 작은 더러움은 입으로 핥아서 떼는 것이 가장 좋다고 합니다.) 일종의 클리닝을 하는 광경, 무슨 무슨 대학의 야구선수라고 하는 여드름이 난 얼굴의 청년이 운동선수에게는 어울리지 않는 겁쟁이로 하녀에게 쓴 연애편지를 다 먹은 저녁 밥상 위에 올려놓아 보거나 다시 생각해서 제자리로 도로 집어넣어 보거나 다시 올려놓고 보거나 머뭇머뭇하며 같은 짓을 되풀이하고 있는 광경, 그중에는 대담하게도 매춘부(?)를 끌어들여 여기에 쓰는 것을 꺼리는 그런 놀라운 미치광이 같은 짓을 저지르는 광경조차도 거리끼지 않고 보고 싶은 만큼 볼 수가 있습니다.

사부로는 또 숙박하고 있는 사람과 사람의 감정의 갈등을 연구하는 것에 흥미를 가졌습니다. 같은 인간이 상대에 따라 여러 가지로 태도를 바꿔 가는 모습, 바로 전까지 웃는 얼굴로 대화하고 있던 상대를 옆방에 와서는 마치 불구대천의 원수인 것처럼 매도하는 사람도 있거니와, 박쥐처럼 어디에 가도 형편에 맞게 어물쩍 둘러대고 뒤에서는 혀를 날름 내밀고 있는 사람도 있습니다. 그리고 그것이 여자 하숙인(도에이칸 이층에는 여자 미술 학도가 한 사람 있었습니다.)이 되면 한층 흥미가 생깁니다. '사랑의 삼각관계'라고 할 처지가 아닙니다. 오각 육각으로 복잡한 관계가 환하게 보일뿐만 아니라 경쟁자들의 그 누구도 모르는 당사자의 진의를 국외자인 '지붕 밑의 산책자'만 확실히 알 수 있지 않습니까? 옛날이야기에 입으면 모습이 보이지 않는다는 '상상의 도롱이'라는 것이 있습니다만, 지붕 밑의 사부로는 말하자면 그 입으면 모습이 보이지 않는다는 상상의 도롱이와 다름없습니다.

만일 더구나 남의 방의 널빤지를 떼고 그곳으로 몰래 들어가서 여러 가지 못된 장난을 칠 수 있으면 한층 재미있을 것이겠지만 사부로에게는 그런 용기는 없었습니다. 그곳에는 거기에는 세 칸에 한 개 정도 비율로 사부로 방과 마찬가지로 자갈로 누름돌을 한 빠져나갈 길이 있기 때문에, 몰래 들어가는 것은 대수롭지 않지만 언제 방주인이 돌아올지 모

171

르고, 그렇지 않아도 창은 모두 투명한 유리 미닫이문으로 되어 있어서 밖에서 들킬 위험도 있으며 게다가 널빤지를 걷어내고 벽장에 들어가 맹장지를 열고 방에 들어가서 다시 벽장 선반으로 기어 올라가고 원래의 지붕 밑으로 돌아온 다, 그 사이에 어쩌면 소리를 내지 않는다는 법도 없습니다. 그것을 복도나 이웃 방에서 알게 되면 볼 장 다 본 것입니 다.

그런데 어느 날 야심한 시각의 일이었습니다. 사부로는 한 바퀴 '산책'을 마치고 자기 방에 돌아가기 위해 들보에서 들보를 따라 이동하고 있었는데, 그의 방과는 정원을 사이 에 두고 마치 건너편으로 되어 있는 용마루의 한쪽 구석 천 장에 우연히 지금까지 알아차리지 못했던 희미한 틈을 발견 했습니다. 지름 두 치 정도의 구름 모양을 하고 실보다도 가 느다란 광선이 새고 있는 것입니다. 무엇일까 생각하고 그 는 살짝 회중전등을 켜고 조사해 보니 그것은 상당히 커다 란 옹두리로 절반 이상 주위의 널빤지에서 떨어져 있습니다 만 나머지 절반으로 간신히 이어져서 가까스로 널빤지의 옹 이구멍이 되는 것을 면한 것이었습니다. 약간 손톱 끝으로 비집어 열기만 하면, 쉽게 떨어져 버릴 것 같습니다. 그래서 사부로는 다른 틈에서 아래를 보고, 방주인이 이미 자고 있는 것을 확인하고 나서 소리가 나지 않도록 주의하면서, 오랫동안 걸려 드디어 그것을 떼어 버렸습니다. 다행히도 떼고 난 후의 널빤지의 옹이구멍이 잔 모양으로 아래쪽이 좁아져서 그 옹두리를 원래대로 막아두기만 하면 아래로 떨어지는 그런 일은 없고 거기에 이렇게 커다란 몰래 훔쳐보기 위한 구멍이 있는 것을 아무에게도 들키지 않아도 되는 것입니다.

이것은 안성맞춤이라고 생각하면서, 그 널빤지의 옹이구멍으로부터 아래를 들여다보니 다른 틈처럼 세로로는 길어도 폭은 기껏해야 한 푼 내외의 부자연스러운 것과 달리 아래쪽이 좁은 쪽도 직경 한 치 이상은 되니까, 방의 전경이 편하게 바라다볼 수 있습니다. 그래서 사부로는 뜻하지 않게 도중에 딴전을 부려 시간을 허비하고 그 방을 바라다본 것인데, 그것은 우연하게도 도에이칸의 숙박하는 사람 중에서 사부로가 가장 주는 것 없이 미운 엔도(遠藤)라는 치과(齒科) 의학교(医学校)[11] 졸업생으로 목하 어딘가의 치과 의

---

11) 의학교(医学校) : 일본에서 과거에 설립된 의사 양성 학교로 현재 대학 의학부의 원류인 학교도 몇 개 있다.

사의 조수로 근무하고 있는 남자의 방이었습니다. 그 엔도가 매우 밋밋하고 몹시 역겨운 얼굴을 한층 밋밋하게 하고 바로 눈 아래에 자고 있는 것이었습니다. 되게 착실하고 꼼꼼한 남자처럼 방안에는 다른 숙박하는 사람의 방보다도 가장 깔끔하게 정돈되어 있습니다. 책상 위의 문방구의 위치, 책장 안에 서책을 늘어놓는 방식, 이불 까는 방식, 머리맡에 넓게 늘어놓은 수입물건이라도 되는지 별로 보지 못하던 형태의 자명종 시계, 칠기 궐련 상자, 색유리의 재떨이, 어느 것을 보아도, 이들 물건의 주인공이 유달리 깨끗한 것을 좋아하는, 찬합의 구석을 이쑤시개로 후비는 것처럼 하찮은 일에 골치를 썩이는 사람인 것을 입증하고 있습니다. 다시 엔도 그 자신의 잠자는 모습도 실로 예절이 바릅니다. 다만 이들 광경에 어울리지 않은 것은 그가 커다란 입을 벌리고 천둥처럼 코를 골고 있는 것이었습니다.

사부로는 무엇인가 더러운 것이라도 보는 것처럼 눈살을 찌푸리며, 엔도의 자는 얼굴을 바라다보았습니다. 그의 얼굴은 잘생겼다고 하면 잘 생겼습니다. 아니나 들을까, 그 자신이 말을 퍼뜨리는 것처럼 여자 등이 좋아하는 얼굴인지도 모릅니다. 그러나 이 얼마나 멍청하고 기다란 얼굴 생김새

인가요? 짙은 두발, 얼굴 전체가 긴 것치고는 이상하게 좁은 (이마의 머리털이 난 언저리가) 후지산(富士山) 모양과 비슷한 이마, 짧은 눈썹, 가느다란 눈, 시종 웃고 있는 그런 눈꼬리의 주름, 긴 코, 그리고 기묘하게 큼직한 입. 사부로는 이 입이 아무래도 마음에 들지 않았습니다. 코 아래쪽에서 단을 이루면서, 위턱과 아래턱이 많이 앞쪽으로 밀려 나와 그 부분 가득히 창백한 얼굴과 묘한 대조를 보이며 커다란 보라색의 입술이 열려 있습니다. 그리고 비후성비염(肥厚性鼻炎)[12]이라도 있는 것인지 시종 코가 막히고 그 커다란 입을 딱 벌리고 호흡을 하고 있습니다. 자고 있으면서 코를 고는 것도 역시 코의 질병 때문이겠지요.

사부로는 늘 이 엔도의 얼굴을 보기만 하면, 왠지 모르게 이렇게 등이 근질근질해져서 그의 밋밋한 뺨을 갑자기 후려 갈겨 주고 싶은 기분이 되는 것이었습니다.

---

12) 비후성비염(肥厚性鼻炎) : 코안의 옆벽에 있는 조개 모양의 뼈가 두꺼워 코 막힘이 생긴 비염.

Ⅳ.

그렇게 엔도의 얼굴을 보고 있는 사이에 사부로는 문득 묘한 것을 생각했습니다. 그것은 그 옹이구멍으로부터 침을 뱉으면 정확히 엔도가 커다랗게 벌린 입속으로 잘 들어가지는 않을까 하는 것이었습니다. 왜냐하면 그의 입은 마치 맞추기라도 한 것 같이 옹이구멍 바로 아래에 있기 때문입니다. 사부로는 유별나게도 통이 좁은 바지 모양의 속옷의 끈을 빼내서, 그것을 옹이구멍 위에 수직으로 늘어뜨리고, 한쪽 눈을 끈에 딱 붙이고, 마치 총 조준이라도 맞추는 것처럼 시험해 보니 이상한 우연입니다. 끈과 옹이구멍과 엔도의 입이 완전히 한 점으로 보이는 것입니다. 즉 옹이구멍에서 침을 뱉으면 반드시 그의 입에 떨어지는 것이 틀림없다는 것을 알았습니다.

그러나 아무리 그렇다고 하더라도 정말 침을 내뱉을 수도 없어서, 사부로는 옹이구멍을 원래대로 메워두고 떠나려고 했습니다만, 그때 별안간 번뜩 어떤 무서운 생각이 그의 머리에 번쩍였습니다. 그는 자기도 모르게 지붕 밑의 어둠 속에서 새파래져서, 부들부들 떨었습니다. 그것은 실로 아무런 원한도 없는 엔도를 살해하겠다는 생각이었던 것입니다.

그는 엔도에 대해 아무런 원한도 없을 뿐만 아니라 아직 알고 나서 반달도 지나지는 않았습니다. 그것도 우연히 두 사람의 이사가 같은 날이었기 때문에, 그것을 인연으로 두세 번 서로 방을 방문한 지 얼마 안 되고, 특별히 깊은 관계가 있는 것은 아닙니다. 그럼 무슨 까닭으로 그 엔도를 죽이려고 하는 등의 생각을 했는가 하면 지금도 말하는 것처럼 그의 용모나 언동이 후려 갈리고 싶을 정도로 까닭 없이 싫다는 것도 다소 한몫 곁들어 영향을 주고 있었습니다만, 사부로의 이런 생각의 주된 동기는 상대 인물에 있는 것이 아니라, 그냥 살인 행위 그 자체의 흥미에 있던 것입니다. 조금 전부터 말씀드린 대로 사부로의 정신 상태는 대단히 변태적이고 범죄 기호 습성이라고 할 만한 병을 지니고 있고 그 범죄 중에서도 그가 가장 매력을 느낀 것은 살인죄이기 때문에, 이런 생각이 생기는 것도 결코 우연은 아닙니다. 지금까지는 설령 여러 차례 살의를 일으키는 일이 있어도 범죄가 발각될 것을 두려워해서 한 번도 실행하려고 하는 등을 생각한 적이 없을 뿐입니다.

그러나 지금 엔도의 경우는 전혀 의심을 받지 않고 발각될 우려도 없이 살인이 이루어질 것 같이 생각됩니다. 자기 몸이 위험만 없으면 설사 상대가 전혀 모르는 인간이든 간에 사부로는 그런 것을 고려하는 것은 아닙니다. 오히려 그 살인 행위가 잔인하고 포악하면 할수록 그의 이상한 욕망은 가일층 만족하는 것이었습니다. 그러면 왜 엔도에 한해 살인죄가 발각되지 않는다(적어도 사부로가 그렇게 믿고 있었는지)고 하면 그것에는 다음과 같은 사정이 있었기 때문입니다.

도에이칸에 이사하고 4, 5일 지난 때였습니다. 사부로는 친한 사이가 된 지 얼마 안 되는 같이 하숙하는 어떤 사람과 근처 카페에 간 적이 있습니다. 그때 같은 카페에 엔도도 와 있어서, 세 사람이 테이블 하나에 모여 술을 (그렇다고 하더라도 술을 싫어하는 사부로는 커피이었습니다만) 마시거나 하며 세 사람 모두 대단히 기분이 좋아 길동무를 하며 하숙집에 돌아간 것인데 약간의 술에 취한 엔도는

"자, 제 방으로 오세요."

라고 억지로 두 사람을 그의 방에 끌어들였습니다. 엔도는 혼자서 떠들어 대며 밤이 이슥해진 것도 개의치 않고 하녀를 불러 차를 타게 하거나 카페에서 미룬 부부나 애인 사이의 정사(情事)나 연애에 관한 일을 자랑스럽게 늘어놓으며 되풀이하는 것이었습니다. -- 사부로가 그를 싫어하기 시작한 것은 바로 그날 밤부터입니다 — 그때 엔도는 새빨갛게 충혈된 입술을 널름널름 죽 핥으면서 자못 득의양양하게 이런 말을 하는 것이었습니다.

엔도 "그 여자와 말입니다. 저는 한 번 정사(情死)를 시도한 적이 있어요. 아직 학교에 있던 때인데, 이봐요. 우리 학교는 의학교이지요. 약을 구하는 것은 수월합니다. 그래서 두 사람이 죽을 수 있을 정도의 모르핀을 준비해서. 들으세요. 시오바라(鹽原)로 나간 것입니다."

그렇게 말하면서 그는 비트적거리며 일어서서 벽장 쪽으로 가서 덜커덩하며 맹장지를 열고, 안에 쌓여 있던 고리짝 바닥에서 매우 작은 새끼손가락 끝 정도의 갈색 병을 가지고 와서, 듣는 사람 쪽으로 내미는 것이었습니다. 병 속에는 바닥 쪽에 아주 약간 무엇인가 반짝반짝 빛난 가루가 들어 있는 것입니다.

엔도 "바로 이거예요. 이거 약간으로 충분히 두 사람이 죽을
　　　수 있으니까요. … 그러나 두 분은 이런 말 다른 사
　　　람에게 말하면 안 됩니다."

그리고 그의 부부나 애인 사이의 정사나 연애에 관한 일
을 자랑스럽게 늘어놓는 이야기는 다시 장황하게 끝없이 계
속된 것인데, 사부로는 지금 그때의 독약에 관한 것을 느닷
없이 생각해낸 것입니다.

사부로 "천장의 옹이구멍에서 독약을 흘려서 사람을 죽인다!
　　　이 얼마나 기상천외하고 멋진 범죄일까?"

그는 묘책에 완전히 기뻐서 어찌할 바를 모르게 되었습
니다. 잘 생각해 보니, 이 방법은 정말 드라마틱한 만큼 가
능성은 없다는 것을 알았지만, 그리고 또 일부러 이런 수고
가 드는 일을 안 해도 달리 얼마든지 간편한 살인 방법이
있을 터인데, 이상한 착상에 현혹당한 그는 무엇을 생각할
여유도 없었습니다. 그리고 그의 머리에는 그냥 이제는 이
계획에 관해 자기에게 유리한 이치만 계속해서 떠오르는 것
입니다.

먼저 약을 훔쳐낼 필요가 있었습니다. 그러나 그것은 수

월한 일입니다. 엔도의 방을 방문해서 이야기에 열중하다 보면, 그 사이 화장실에 가든가, 그가 자리를 뜨는 경우도 있겠지요. 그 틈에 본 적이 있는 고리짝에서 갈색의 작은 병을 꺼내기만 하면 됩니다. 엔도는 늘 그 고리짝 바닥을 조사하고 있는 것은 아니니까, 이틀이나 사흘에 알아차리지도 못할 것이다. 설사 또 알아차려봤자 그런 독약을 가지고 있는 자체가 이미 위법이니까 세상에 공공연하게 알려질 리도 없고 게다가 능숙하게 하기만 하면 누가 훔쳤는지도 알 수는 없습니다.

그런 것을 하지 않아도 천장에서 몰래 들어가는 편이 편하지 않을까요? 아니오. 그것은 매우 위험합니다. 앞에서도 말한 것처럼 언제 방주인이 돌아올지도 모르고, 유리 미닫이문 밖에서 보일 염려도 있습니다. 첫째, 엔도 방의 천장에는 사부로가 있는 곳처럼 자갈로 누름돌을 한, 그 빠져나갈 길이 없습니다. 어떻게 해서 못이 박혀 있는 널빤지를 떼고 몰래 들어가는 그런 위험한 짓을 할 수 있습니까?

그런데 이렇게 손에 넣은 가루약을 물에 타서 코의 질병 때문에 언제나 벌린 채로 있는 엔도의 커다란 입에 흘려 넣으면, 그것으로 충분합니다. 다만 걱정스러운 것은 잘 삼켜

줄지 어떨지 하는 점입니다만, 뭐, 그것도 괜찮습니다. 왜냐하면, 약이 극히 소량으로 녹는 방식을 진하게 해 두면 그저 몇 방울이면 충분하니까, 잠을 푹 자고 있을 때라면 알아차리지도 못할 정도이겠지요. 또 알아차렸다고 해도 아마 토해낼 틈 같은 건 없겠지요. 그리고 모르핀이 쓴 약이라는 것도 사부로는 잘 알고 있었습니다만, 설사 써도 분량이 얼마 안 되니까, 또한 게다가 설탕이라도 섞어 두면 전혀 실패할 염려는 없습니다. 그 누구라도 설마 천장에서 독약이 내려오리라고는 상상도 못할 테니까, 엔도가 눈 깜짝할 사이에 그것을 알아차릴 리는 없는 것입니다.

그러나 약이 잘 들을지 어떨지, 엔도의 체질에 대해 너무 많은지 또는 너무 적은지 하며 그냥 고민만 하면 완전히 죽지 않는 그런 것은 없을까? 이것이 문제입니다. 정말로 일이 그렇게 되면 대단히 유감이지만, 하지만 사부로의 몸에 위험이 미칠 걱정은 없습니다. 그 이유는 옹이구멍은 원래대로 뚜껑을 닫아 버리고, 지붕 밑에도 거기에는 아직 먼지 같은 것은 쌓여 있지 않다. 따라서 아무런 흔적도 남지 않습니다. 지문은 장갑으로 방지해 두었습니다. 설령 천장에서 독약을 흘린 것을 알아도 내 짓인지 알려질 리는 없습니다.

특히 그와 엔도는 어제오늘의 교류인지라 원한을 품을 그런 사이가 아닌 것은 주지의 사실이니까, 그가 혐의를 받을 리가 없습니다. 아니, 그렇게까지 생각하지 않아도 숙면 중인 엔도가 약이 떨어진 방향 등을 알 수가 없습니다.

이것이 사부로의 지붕 밑에서 또 방으로 돌아오고 나서 생각해낸 자기중심적인 이치이었습니다. 독자는 이미 설령 이상의 여러 가지 점이 잘 된다고 하더라도, 그 밖에 한 가지 중대한 착오가 있는 것을 눈치 차리셨을 것 같습니다. 그러나 그는 드디어 실행에 착수할 때까지 이상하게도 그 점을 전혀 알아차리지 못했습니다.

V.

사부로가 자기에게 편리한 때를 가늠하고 엔도 방을 방문한 것은, 그러고 나서 네댓새 지난 때이었습니다. 물론 그러는 동안에는 그는 이 계획에 관해 반복해서 생각한 끝에 괜찮다, 위험이 없다고 확인할 수 있었습니다. 뿐만 아니라 여러 가지 새로운 궁리를 추가하기도 했습니다. 예를 들어 독약이 들어있는 병의 처리 방안도 그것입니다.

만일 목적한 대로 엔도를 살해할 수 있다면, 그는 그 병을 옹이구멍에서 아래로 떨어뜨려 두기로 했습니다. 그렇게 함으로써 그는 이중의 이익을 얻을 수 있습니다. 한편으로는 만일 발견되면 중대한 단서가 되는 그 병을 은닉할 수고가 없어지는 것, 다른 한편으로는 죽은 사람 쪽에 독극물의 용기가 떨어져 있으면 누구나 틀림없이 엔도가 자살한 것이라고 생각하는 것, 그리고 그 병이 엔도 자신의 물건이라는 것은 언젠가 사부로와 함께 그에게 부부나 애인 사이의 정사나 연애에 관한 일을 자랑스럽게 늘어놓는 이야기를 들은 남자가 틀림없이 잘 증명해 줄 것이기 때문입니다. 또한 계제가 좋은 것은 엔도는 매일 밤 문단속을 제대로 하고 자는 것이었습니다. 입구는 물론이거니와 창에도 안에서 쇠 장식으로 잠가 두어서 외부로부터는 절대로 들어올 수 없는 것입니다.

그런데 그 날 사부로는 상당한 인내력으로 얼굴을 보기만 해도 신물이 나오는 엔도와 오랫동안 잡담을 주고받았습니다. 이야기 도중에 여러 차례 슬며시 살의를 넌지시 비추고 상대로 하여금 무서워하게 해 주고 싶다는, 위험하기 짝이 없는 욕망이 솟구치는 것을 그는 간신히 억눌렀습니다.

사부로 "가까운 시일 내에 전혀 증거가 남지 않는 방법으로 너를 죽여 버릴 거야. 네가 그렇게 여자처럼 씩둑씩둑 수다를 떨 수 있는 것도 이제 얼마 안 남았다. 지금 힘 있는 때 실컷 떠들어 두는 게 좋을 거야."

사부로는 상대의 끝없이 움직이는 크게 흔드는 입술을 바라보면서 마음속에서 그런 것을 되풀이하고 있었습니다. 이 남자가 얼마 후 푸르퉁퉁한 송장이 되어 버리는 것인가 하고 생각하자 그는 정말 유쾌해서 견딜 수 없는 것입니다.

그렇게 이야기가 열중하고 있는 사이에 아니나 다를까 엔도가 화장실에 가기 위해 일어섰습니다. 그것은 이미 밤 10시경이라도 된 것일까요? 사부로는 빈틈없이 주위를 신경 쓰고 유리창 밖 등도 잘 조사하고 나서, 소리가 나지 않도록 그러나 재빠르게 벽장을 열고 고리짝 안에서 바로 그 약병을 찾아냈습니다. 언젠가 넣는 곳을 잘 봐 두었기 때문에, 찾는 데에 힘들지 않았습니다. 하지만 그렇다고는 하나 가슴이 두근두근하며, 겨드랑이에서는 식은땀이 흘러나왔습니다. 실은 그의 이번 계획 중에서 가장 위험한 것은 이 독약을 훔쳐내는 일이었습니다. 어떤 일 때문에 엔도가 별안간 돌아올지도 모르고, 또 누군가가 틈으로 들여다보고 있지 않다고도 할 수 없는 일입니다. 그러나 그것에 관해서는 그는 이런 식으로 생각하고 있었습니다. 만일 들키면 혹은 들키지 않아도, 엔도가 약병이 없어진 것을 발견하면(그것은 잘 주의하고 있으면 금방 알 수 있는 일입니다. 특히 그에게는 천장의 틈으로 들여다보는 무기가 있으니까) 살해를 단념하기만 하면 되는 것입니다. 그냥 독약을 훔쳤다는 것만으로는 그리 대단한 죄도 안 되니까요.

그것은 여하튼 결국 그는 우선 누구한테도 들키지 않고 감쪽같이 약병을 손에 넣을 수 있었습니다. 그래서 엔도가 변소에서 돌아오자 이윽고 슬며시 이야기를 끝내고, 그는 자기 방으로 돌아왔습니다. 그리고 창에는 빈틈없이 커튼을 치고 입구 문을 단속하고 책상 앞에 앉자, 가슴이 두근거리며 품속에서 귀여운 갈색 병을 꺼내고, 그리고 찬찬히 바라다보는 것이었습니다.

모르피눔(MORPHINUM)
하이드로클로리컴(HYDROCHLORICUM)(o.g.)

186

아마 에도가 쓴 것이겠지요. 작은 레테르(レッテル)[13]에는 이런 글자가 적혀 있습니다. 그는 이전에 약물학(藥物学)[14]의 서책을 읽어 모르핀에 관해서는 다소 알고 있었지만, 실물을 뵙는[15] 것은 지금이 처음이었습니다. 아마 그것은 염산 모르핀이라는 것이겠지요. 병을 전등 앞에 가지고 가서 비쳐 보니 소형의 숟가락의 절반이나 있을까 말까 하는, 극히 얼마 안 되는 하얀 가루가 아름답게 반짝반짝 빛나고 있습니다. 도대체 이런 것으로 인간이 죽는 것인가 하고 이상하게 생각될 정도입니다.

사부로는 물론 그것을 잴 만한 정밀한 저울을 가지고 있지 않아서, 분량에 관해서는 엔도의 말을 믿을 수밖에 없었지만, 그때의 엔도의 태도와 어조는 술에 취했다고 하나 엉터리라고는 생각되지 않았습니다. 또한 레테르의 숫자도 사

---

13) 레테르(レッテル)[(네덜란드어) letter] : 상표.

14) 약물학(藥物学) : 약리학(藥理学)의 구칭. 또는 약물 그 자체의 화학적, 물리적 성상 등을 연구하는 학문.

15) 원문에서는 「会う ; 만나다」의 특정형 겸양어1 「お目にかかる ; 만나뵙다」가 쓰이고 있는데, 이것은 화자가 자신의 동작을 낮춤으로써 결과적으로 상대(청자나 제삼자)를 높이는 본래의 용법이 아니라 일종의 해학적 표현으로 쓰인 것이다.

부로가 알고 있는 치사량의 정확히 두 배 정도이니까 아마 틀림은 없을 것입니다.

그래서 그는 병을 책상 위에 놓고, 옆에 준비한 설탕과 맑고 깨끗한 물을 늘어놓고 약제사처럼 면밀하고 열심히 조합을 시작했습니다. 숙박하는 사람들은 이미 모두 잠들어 버린 것 같아서, 주위는 아무 소리도 없이 매우 조용해졌습니다. 그 속에서 성냥개비에 흠뻑 적신 맑고 깨끗한 물을 용의주도하게 한 방울 한 방울 병 속으로 흘리고 있으면, 자기 자신의 호흡이 악마의 한숨처럼 이상하게 굉장하게 울리는 것입니다. 그것이 말하자면, 몹시 사부로의 변태적 기호를 만족시킨 것이겠지요. 어쩌면 그의 눈앞에 떠오르는 것은 어둠의 동굴 속에서 부글부글 거품이 내며 끓는 독약 냄비를 응시하며, 히쭉히쭉 웃고 있는 그 옛날이야기의 무시무시한 요괴 같은 할망구의 모습이었습니다.

그러나 한편에서는, 그때부터 지금까지 전혀 예기치 않았던 어떤 공포와 닮은 감정이 그의 마음 한구석에 솟아나고 있었습니다. 그리고 시간이 지남에 따라 조금씩 그것이 퍼지는 것입니다.

살인도 언젠가는 드러난다, 사람의 아들도 그렇다, 결국에는 진
실은 나타난다.
MURDER CANNOT BE HID LONG, A MAN'S SON MAY,
BUT AT THE LENGTH TRUTH WILL OUT[16].

누군가의 인용에서 기억하고 있던 그 유명한 윌리엄 셰
익스피어(William Shakespeare)의 기분 나쁜 문구가 현기증
이 날 것 같은 빛을 발하며, 그의 뇌수에 새겨지는 것입니
다. 이 계획에는 절대로 파탄이 없다고 이렇게까지 믿으면
서도 시시각각으로 증대해오는 불안을 그는 어떻게 할 수도
없었습니다.

아무런 원한도 없는 한 사람을 그냥 살인의 재미로 죽여
버리다니, 그것이 제정신으로 하는 행위인가? 너는 악마에
게 홀린 것이냐? 너는 미친 것이냐? 도대체 너는 자기 자신
의 마음을 어쩐지 무시무시하다고는 생각하지 않느냐?

오랫동안 밤이 이슥해지는 것도 모르고 다 조합한 독약
병을 앞에 두고, 그는 생각에 골몰했습니다. 한층 이 계획을

16) 『베니스의 상인』(1596) 제2막 제2장의 딱 중간쯤에, 란슬롯(Lancelot
Gobbo)이 아버지 고보에게 자기는 당신의 아들이라고 밝히는 장면에
서 말하는 대사이다. murder cannot be hid long, a mans sonne may,
but in the end truth will out.

단념하기로 하자. 몇 차례 그렇게 결심하기 시작했는지 모릅니다. 하지만 결국은 그는 아무리 해도 그 살인의 매력을 단념할 생각은 할 수 없었습니다.

그런데 그렇게 망설이며 생각하고 있는 동안에 퍼뜩 어떤 치명적인 사실이 그의 머리에 번쩍였습니다.

사부로 "으흐흐 … …"

갑자기 사부로는 이상해서 참을 수 없는 것처럼 그러나 아주 조용해진 주위를 거리끼면서 웃음을 터뜨렸습니다.

사부로 "바보 자식. 너는 정말 잘 만들어진 어릿광대이다! 남이 보기에 우스울 정도로 유난히 진지하게 이런 계획을 꾀하다니. 이제 너의 마비된 머리에는 우연과 필연의 구별조차 못 하게 된 것이냐? 바로 그 엔도가 크게 벌린 입이 한 번 그 옹이구멍의 바로 밑에 있다고 해서 그다음에도 마찬가지로 거기에 있다는 것을 어찌 알 수 있겠느냐? 아니 오히려 그런 것은 아마도 있을 수 없지 않느냐?"

그것은 실로 우스꽝스럽기 짝이 없는 착오였습니다. 그의 이 계획은 이미 그 출발점에서 아주 굉장한 미망에 빠져 있던 것입니다. 그러나 그렇다고 하더라도 그는 어째서 이렇게 뻔한 것을 지금까지 알아차리지 못했던 것일까요? 실로 이상하다고 말하지 않으면 안 됩니다. 아마 이것은 그리도 영리한 체하고 있는 그의 두뇌에 상당한 결함이 있던 증거가 아닐까요? 그것은 여하튼 간에 그는 이 발견에 의해한편으로는 몹시 실망했지만, 동시에 다른 한편으로는 이상할 정도로 마음 편한 생각을 느끼는 것이었습니다.

사부로 "덕분에 나는 이제 무시무시한 살인죄를 범하지 않아도 된다. 아이고, 좋아라, 살았다."

그렇다고 하더라도 그 이튿날부터도 '지붕 밑의 산책'을 할 때마다 그는 미련이 있는 듯이 바로 그 옹이구멍을 열고 엔도의 동정을 살피는 것을 게을리하지 않았습니다. 그것은 하나는, 독약을 훔쳐낸 것을 엔도가 직관적으로 알아차리지는 않느냐 하는 걱정에서 시작된 것이었습니다만, 그러나 어떻게라도 하여 요전과 같이 그의 입이 옹이구멍의 바로 밑에 오지 않을까 하고 그 우연을 초조하게 기다리고 있지 않았다고는 말하지 않을 수 없습니다. 실제로 그는 '산책'할 때는 항상 셔츠 주머니에서 그 독약을 떼어 놓은 적이 없었습니다.

VI.

어느 날 밤의 일 (그것은 사부로가 '지붕 밑의 산책'을 시작하고 나서 벌써 열흘 정도나 지났습니다. 열흘 동안에도 전혀 상대가 눈치 채지 않고 매일 몇 번이나 지붕 밑을 기어다니고 있던 그의 고심은 이만저만한 일이 아닙니다. 면밀한 주의, 그런 흔해빠진 말로는 도저히 말을 표현할 수 없는 것 같았습니다.) 사부로는 다시금 엔도 방의 널빤지를 서성이고 있었습니다. 그리고 뭔가 제비라도 뽑는 그런 심정으로 길인가 흉인가, 오늘이야말로 어쩌면 길이 아닐까. 부디 길이 나와 주시기를 하고, 하나님께 빌기조차 하면서 바로 그 옹이구멍을 열어보았습니다.

그러자 아아, 그의 눈이 어떻게 된 것은 아닐까요? 언젠가 보았을 때와 조금도 다르지 않은 모습으로 거기에서 코를 골고 있는 엔도의 입이 정확히 옹이구멍의 바로 밑에 와 있던 것이 아닙니까? 사부로는 몇 번이나 눈을 비비며 다시보고 또 사루마타(猿股)[17]의 끈을 빼서 눈으로 어림도 해

보았지만, 이제 틀림이 없습니다. 끈과 구멍과 입이 바로 일직선상에 있는 것입니다. 그는 엉겁결에 큰소리로 외치려고 할 뻔한 것을 간신히 참았습니다. 드디어 그때가 왔다는 기쁨과 한편으로는 이루 표현할 수 없는 공포와 그 두 개가 교착된 일종의 이상한 흥분 때문에 그는 어둠 속에서 새파랗게 질리고 말았습니다.

그는 주머니에서 독약의 병을 꺼내서 저절로 떨리기 시작하는 손끝을 가만히 바로 잡으면서, 그 뚜껑을 빼서 끈으로 어림을 잡아 두고(아, 그때의 뭐라고 형용할 수 없는 기분!) "똑! 똑!" 하고 몇 방울. 그것을 하는 것이 고작이었습니다. 그는 곧바로 눈을 감아 버렸습니다.

사부로 "정신이 들었느냐? 틀림없이 정신이 들었다. 틀림없이 정신이 들었다. 그리고 조금 있으면 아, 조금 있으면 어떤 큰 소리로 고함칠 것이다."

그는 만일 양손이 놀고 있으면 귀도 막고 싶을 정도로 생각했습니다.

그러나 그가 그 정도로 미치광이임에도 불구하고 아래에

---

17) 사루마타(猿股) : 잠방이. 가랑이가 무릎까지 내려오도록 짧게 만든 홑바지.

있는 엔도는 전혀 대꾸가 없습니다. 독약이 입속에 떨어진 곳은 확실히 보았으니까, 그것에 틀림은 없습니다. 하지만 이 고요함은 어찌 된 것일까요? 사부로는 흠칫흠칫 눈을 뜨고 옹이구멍을 들여다보았습니다. 그러자 엔도는 입을 중얼중얼하며 양손으로 입술을 문지르는 모습을 하고, 마침 그것이 막 끝났을 때이지요. 또다시 쿨쿨 잠들어 버리는 것이었습니다. 일이란 막상 해 보면 생각보다 쉬운 법입니다. 잠에 취해 멍한 엔도는 무시무시한 독약을 삼킨 것을 전혀 알아차리지 못했습니다.

사부로는 불쌍한 피해자의 얼굴을 움직이지도 않고 집어삼킬 듯이 응시하고 있었습니다. 그것이 얼마나 오래 느껴졌는지, 사실은 20분도 지나지 않았는데 그에게는 2, 3시간이나 그렇게 하고 있던 것처럼 느껴진 것입니다. 그러자 그때 엔도는 퍼뜩 눈을 떴습니다. 그리고 상반신을 일으키고 마치 이상한 것처럼 방안을 둘러보고 있습니다. 현기증이라도 나는 것인지, 목을 흔들어 보거나 문을 비벼보거나 헛소리 같은 의미 없는 말을 투덜투덜 중얼거려 보거나, 여러 가지 미친 몸짓을 하고 그래도 가까스로 다시 잠자리에 들었습니다만, 이번에는 맹렬히 뒤척이는 것입니다.

이윽고 뒤척대는 힘이 점점 약해져서 더는 몸을 움직이지 않게 되었는가 싶더니, 그 대신 천둥과 같은 코 고는 소리가 울려 퍼지기 시작했습니다. 얼굴색은 마치 술이라도 취한 것처럼 새빨갛게 되고 코끝이나 이마에는 구슬 같은 땀이 송송 내뿜고 있습니다. 숙면 중인 그의 온몸에서 지금 정말 무시무시한 생사의 싸움이 벌어지고 있는지도 모릅니다. 그것을 생각하면 머리끝이 쭈뼛해지는 것 같습니다.

그런데 잠시 지나자, 그렇게도 빨갛던 안색이 서서히 바래고 종이처럼 하얗게 되었나 싶더니 순식간에 청람색으로 변해갑니다. 그리고 어느 사이엔가 코를 고는 것이 그치고 아무래도 들이마시는 숨, 내뱉는 숨의 횟수가 줄기 시작했습니다. … 갑자기 가슴 부근이 움직이지 않게 되고 드디어 마지막인가 생각하고 있으니, 잠시 후 무엇인지 생각해낸 것처럼 다시 입술이 바르르하고 둔탁한 호흡이 돌아오거나 합니다. 그런 것이 두세 번 되풀이되고 그것으로 끝이었습니다. … 이제 그는 움직이지 않는 것입니다. 축 늘어져서 베개 위에 얹어 있지 않은 얼굴에 우리 세계의 것과 전혀 다른 일종의 미소가 떠올라 있습니다. 그는 결국 소위 '죽은 사람'이 되고 만 것이겠지요.

숨을 죽이고 손에 땀을 쥐며 그 모습을 응시하고 있던 사부로는 처음으로 '휴 -' 하고 한숨을 쉬었습니다. 드디어 그는 살인자가 된 것입니다. 그렇다고 하더라도 이 얼마나 편한 죽음이었을까요? 그의 희생자는 외침 소리를 하나도 내지 않고, 괴로운 표정도 짓지 않고, 코를 골면서 죽어 간 것입니다.

사부로 "이게 뭐야? 사람을 죽이는 것이 이렇게 싱거운 것인가?"

사부로는 왠지 모르게 실망하고 말았습니다. 상상의 세계에서는 정말 더할 나위 없는 매력이었던 살인이라는 것이 실제 해 보니 다른 일상다반사와 별로 다르지도 않았습니다. 이런 시오우메(鹽梅)라면 다시 몇 명이라도 죽일 수 있어. 그런 것을 생각하는 한편 그러나 맥이 빠진 이 마음을 뭐라고도 정체를 알 수 없는 무서움이 서서히 덮치기 시작하고 있었습니다.

어둠의 지붕 밑, 가로세로로 교착된 괴물과 같은 마룻대나 들보, 그 아래에서 도마뱀붙이나 무엇인가처럼 널빤지에 딱 달라붙어 떨어지지 않고 사람의 송장을 응시하고 있는 자신의 모습이 사부로는 갑자기 왠지 기분이 나빠지기 시작했습니다. 이상하게 목덜미 부위가 오싹오싹해지고 문득 귀를 기울이자, 어딘가에서 천천히, 천천히, 자기 이름을 계속 부르고 있는 것 같은 생각마저 듭니다. 엉겁결에 옹이구멍에서 눈을 떼고 어둠 속을 둘러보아도, 오랫동안 밝은 곳을 들여다보고 있던 탓이겠지요. 눈앞에는 큰 것이랑 작은 것이랑 노란 띠와 같은 것이 계속해서 나타났다가는 사라져갑니다. 가만히 보고 있으면, 그 띠의 배후에서 엔도의 이상하게 커다란 입술이 훌쩍 나오기라도 할 것처럼 생각되는 것입니다.

하지만 그는 처음 계획했던 일만큼은 거의 틀림없이 실행했습니다. 옹이구멍에서 약병(그 안에는 아직 독약 몇 방울이 남아 있었습니다.)을 던져서 떨어뜨리는 것, 그 흔적의 구멍을 메우는 것, 만일 지붕 밑에 뭔가의 흔적이 남아 있지 않을까 회중전등을 켜서 조사하는 것, 그리고 더 이상 이것으로 실수가 없다고 알게 되자, 그는 몹시 서둘러서 마룻대를 타고 자기 방으로 되돌아왔습니다.

사부로 "드디어 이것으로 끝났다."

머리도 몸도 이상하게 마비되고, 무엇인가 잊어버리기라도 한 것 같은 불안한 생각을 억지로 북돋우는 것처럼 하고 그는 벽장 속에서 옷을 입기 시작했습니다. 하지만 그때 갑자기 생각난 것은 바로 그 눈대중으로 잴 때 사용한 잠방이 (사루마타 ; 猿股)의 끈을 어떻게 했는가 하는 것입니다. 어쩌면 그곳에 잊어버리고 두고 온 것이 아닐까? 그렇게 생각하자 그는 부산스럽게 허리 부분을 뒤져 보았습니다. 아무래도 없는 것 같습니다. 그는 더더욱 당황해서 온몸을 조사했습니다. 그러자 어째서 이런 것을 잊어버리고 있던 것일까요? 그것은 제대로 주머니 속에 들어있지 않습니까? 아이고 맙소사 다행이다. 한시름 놓고 주머니 속에서 그 끈과 회중전등을 꺼내려고 하자, 깜짝 놀란 것은 그 안에 아직 다른 물건이 들어있었습니다. … 독약 병의 작은 코르크 마개가 들어있던 것입니다.

그는 아까 독약을 흘릴 때 나중에 잃어버리면 큰일이라고 생각해서 그 마개를 일부러 주머니에 넣어 둔 것인데 그것을 까맣게 잊어버리고 병만 아래로 떨어뜨리고 온 것 같습니다. 작은 것이지만 이대로 내버려 두면, 범죄 발각의 원인이 됩니다. 그는 무서워하는 마음을 북돋아 다시 현장으로 되돌아가서 그것을 옹이구멍에서 떨어뜨리고 오지 않으면 안 되었습니다.

그 날 밤 사부로가 잠자리에 든 것은 (이미 그 무렵은 조심하기 위해 벽장에서 자는 것을 그만두고 있었습니다만) 그래도 완전히 흥분한 그는 좀처럼 잠들 수가 없습니다. 그런 마개를 떨어뜨리는 것을 잊고 올 정도라면, 그밖에도 뭔가 빠뜨린 것이 있었는지도 모른다. 그렇게 생각하자 그는 이제는 제정신이 아닙니다. 그래서 혼란스러운 머리를 억지로 진정시키기 위해, 그 날 밤의 행동을 차례대로 하나하나 생각해 내가며 어딘가에 빠뜨린 것이 없었는지를 조사해 보았습니다. 하지만 적어도 그의 머리로서는 아무것도 발견하지 못하는 것입니다. 그의 범죄에는 아무리 생각해 보아도 약간의 실수도 없는 것입니다.

그는 그렇게 하며 결국 밤이 샐 때까지 계속 생각하고 있었지만, 이윽고 일찍 일어나는 숙박하는 사람들이 세면장으로 다니기 위해 복도를 걷는 발소리가 들리기 시작하자, 가만히 일어나서 갑자기 외출 준비를 시작하는 것이었습니다. 그는 엔도의 시신이 발견될 때를 두려워하고 있었습니다. 그때 어떤 태도를 취하면 좋을까요? 어쩌면 나중에 의심받을 그런 이상한 거동이 있으면 큰일입니다. 그래서 그는 그 동안 외출하고 있는 것이 제일 안전하다고 생각한 것입니다만, 그러나 아침밥도 먹지 않고 외출하는 것은 더 이상하지 않을까요?

사부로 "아, 그렇던가? 뭘 깜빡하고 있는 거야?"

그것을 알아차리자 그는 또다시 잠자리에 들어가는 것이었습니다. 그러고 나서 아침밥까지의 두 시간 정도를 사부로는 얼마나 벌벌 떨며 보낸 것일까요? 다행히도 그가 급히 서둘러서 식사를 마치고 하숙집을 도망칠 때까지는 아무 일도 일어나지 않고 끝났습니다. 그렇게 하숙을 나오자, 그는 어디라고 하는 목적도 없이 그냥 시간을 보내기 위해 이 동네에서 저 동네로 헤매며 돌아다니는 것이었습니다.

VII.

결국, 그의 계획은 멋지게 성공했습니다.

그가 점심 무렵 밖에서 돌아왔을 때는 이미 엔도의 시신은 치워지고 경찰의 임검(臨檢)[18]도 모두 끝났습니다만, 들

---

18) 임검(臨檢) : 법원이나 수사 기관이 범죄 현장 등에서 실시하는 검증.

은 바에 의하면 아니나 다를까 누구 하나 엔도의 자살을 의심하는 사람은 없고 경찰 관계자들도 그냥 형식상의 취조를 마치자 곧 돌아가 버렸다고 하는 것이었습니다.

다만 엔도가 왜 자살했는가 하는 그 원인은 전혀 알지 못했습니다만, 그의 평소의 소행에서 상상하여, 아마 치정의 결과일 거라는 데에 모두의 의견이 일치했습니다. 실제로 최근 어떤 여자에게 실연당했다고 하는 사실까지 나타난 것입니다. 뭐야! "실연당했어. 실연당했어."라는 것은 그와 같은 남자에게는 일종의 말버릇 같은 것으로 대단한 의미가 있는 것이 아닙니다만, 달리 원인이 없어서 결국 그것으로 정해진 셈이었습니다.

뿐만 아니라, 원인이 있어도 없어도 그가 자살한 것은 한 점의 의심도 없는 것이었습니다. 입구나 창도 내부에서 문단속이 되어 있었고, 독약의 용기가 머리맡에 넘어져 있고 그것이 그의 소지품인 것도 알고 있으니, 더는 아무것도 의심해 볼 수도 없는 것입니다. 천장에서 독약을 흘린 것은 아닐까 등과 같이 그런 멍청한 의심을 일으키는 사람은 아무도 없었습니다.

그래도 왠지 모르게 아직 완전히 안심할 수 없다는 생각이 들어 사부로는 그 날 하루 부들부들 떨고 있었습니다만, 얼마 안 있어 하루 이틀 지남에 따라서, 그는 점점 침착해졌을 뿐만 아니라 끝내는 자기 솜씨를 득의양양해 하는 여유마저 생겼습니다.

사부로 "어때! 근사하지. 뭐라고 해도 나는 대단한 사람이다. 봐라! 누구 하나 여기에, 같은 하숙집의 한 칸에 무시무시한 살인범이 있는 것을 알아차리지 못하지 않는가?"

그는 이 상태로는 세상에 어느 정도 숨겨진 처벌되지 않는 범죄가 있을까? 그것은 알 수 없다고 생각했습니다. "법망은 눈이 성긴 것 같지만 악인은 빠짐없이 걸린다." 같은 것은 필시 옛날 위정자들의 허풍에 지나지 않거나, 혹은 백성 모두의 미신에 지나지 않아서, 사실은 교묘하게 하기만 하면 어떤 범죄도 영구히 나타나지 않고 끝나는 것이다. 그는 이런 식으로도 생각했습니다. 그렇다고 하더라도 역시 밤 같은 때는 엔도의 죽은 얼굴이 눈앞에 어른거리는 듯한 생각이 들어, 왠지 모르게 기분이 나빠서, 그 날 밤 이후 그는 바로 그 '지붕 밑의 산책'도 중지하고 있는 형국이었지만, 그것은 그냥 마음속의 문제이고 얼마 안 있어 잊어버릴 것입니다. 실제로 죄가 발각만 되지 않으면 이제 그것으로 충분하지 않습니까?

그런데 엔도가 죽고 나서 정확히 3일째 되는 날이었습니다. 사부로는 지금 저녁밥을 마치고 이쑤시개를 사용하면서, 콧노래 같은 것을 부르고 있을 때 느닷없이 오랜만에 아케치 고고로(明智小五郞)가 찾아왔습니다.

아케치 "어이!"

사부로 "오랜만이야."

그들은 정말 흉허물 없는 것처럼 이런 식의 인사를 나누었는데, 사부로 쪽에서는 때가 때인지라 이 아마추어 탐정이 찾아온 것을 다소 어쩐지 무서운 느낌이 드는 것처럼 생각하지 않을 수 없었습니다.

아케치 "이 하숙집에서 독을 마시고 죽은 사람이 있다고 하지 않아?"

아케치는 자리에 앉자마자 사부로가 피하고 싶은 사안을 화제로 삼는 것이었습니다. 아마 그는 누군가로부터 자살한 사람의 이야기를 듣고, 다행히 같은 하숙집에 사부로가 있어 타고난 흥미에서, 찾아온 것에 틀림없습니다.

사부로 "아, 모르핀으로 말이지. 나는 마침 그 소동 때 그 자

리에 없어서 자세한 것은 모르지만 아무래도 치정의
　　　결과인 것 같아."

　사부로는 그 화제를 피하고 싶은 것을 상대가 깨닫지 못
하도록 그 자신도 흥미가 있는 것과 같은 얼굴을 하며 이렇
게 대답했습니다.

아케치 "도대체 어떤 남자야?"

　그러자 아케치가 다시 묻는 것입니다. 그러고 나서 잠시
동안 그들은 엔도의 사람됨에 관해, 사인에 관해, 자살 방법
에 관해, 질의응답을 계속했습니다. 사부로는 처음에는 부
들부들 떨었지만, 점점 뻔뻔해져서 끝내는 아케치를 놀려
주고 싶은 그런 기분조차 들었습니다.

사부로 "자네는 어떻게 생각해? 혹시 이것은 타살이 아닐까?
　　　뭐 따로 근거가 있는 것은 아니지만, 틀림없이 자살
　　　이라고 믿고 있던 것이 실은 타살이거나 하는 일이
　　　왕왕 있는 법이니까."

　어떠냐? 그 아무리 대단한 명성이 있는 명탐정도 이것만
은 알지 못할 것이라고 마음속에서 비웃으면서 사부로는 이
런 말까지 해 보는 것이었습니다.

　그것이 그에게는 유쾌해서 견딜 수 없습니다.

아케치 "그건 뭐라고도 할 수 없어. 나도 실은 어떤 친구로
　　　부터 이 이야기를 들었을 때 사인이 조금 애매하다
　　　는 생각이 들었어. 어때? 그 엔도 군의 방을 볼 수는
　　　없을까?"

　사부로는 오히려 득의양양해서 대답했습니다.

사부로 "문제없어. 옆방에 엔도의 동향 친구가 있어서. 그
　　　사람이 엔도 아버지로부터 짐 보관을 부탁받았어.
　　　자네에 관해서 이야기하면 필시 기꺼이 보여 줄 거
　　　야."

　그러고 나서 두 사람은 엔도 방에 가서 보게 되었습니다.
그때 복도를 앞에 서서 걸어가면서, 사부로는 갑자기 이상
한 느낌에 휩싸인 것입니다.

사부로 "범인 자신이 탐정을 그 살인 현장에 안내하다니, 고
　　　금을 통해 없는 일이 아닐까?"

　히죽히죽 웃는 것처럼 보이는 것을 그는 간신히 참았습
니다. 사부로는 생애 중에서 아마 이때만큼 득의양양하게
느낀 적은 없을 것입니다.

사부로 "역시 두목은 대단해!"

　자기 자신에게 그런 성원하는 소리라도 해 주고 싶을 정

도로 한층 두드러지게 눈에 띄는 악당다운 모습을 보이는
것이었습니다.

엔도의 친구(그 사람은 기타무라(北村)라고 하며 엔도가
실연당했다고 증언을 한 남자입니다.)는 아케치의 이름을
잘 알고 있어 흔쾌히 엔도의 방을 열어 주었습니다. 엔도의
아버지가 고향에서 올라와서 가매장을 마친 것이 겨우 오늘
오후여서, 방안에는 그의 소지품이 아직 짐을 싸지 않고 놓
여 있는 것입니다.

엔도의 변사체가 발견된 것은 기타무라가 회사에 출근한
뒤라고 해서, 발견 순간의 모습은 잘 모르는 것 같았습니다
만, 남에게서 들은 것 등을 종합해서 그는 상당히 자세히 설
명해 주었습니다. 사부로도 그것에 관해 정말 국외자인 것
처럼 나불나불 소문 등을 떠들어 대는 것이었습니다.

아케치는 두 사람의 설명을 들으면서 자못 전문가인 것
같이 관심을 가지고 두루 살피며 방안을 이리저리 둘러보고
있었습니다만, 별안간 책상 위에 놓여 있던 자명종 시계를
알아차리자, 무엇을 생각했는지 오랫동안 그것을 바라다보
고 있는 것입니다. 아마 그 진기한 장식이 그의 눈을 끌었는
지도 모릅니다.

아케치 "이것은 자명종 시계이네요."

기타무라 "그래요." 기타무라는 말을 많이 하며 대답하는 것
입니다.

기타무라 "엔도가 자랑하던 물건입니다. 그는 꼼꼼한 남자여
서요. 아침 6시가 울리도록 매일 밤 빼놓지 않고 이
것을 감아 둡니다. 저 같은 사람은 늘 옆방의 벨소리
로 눈을 떴을 정도입니다. 엔도가 죽은 날도 그래요.
그 날 아침도 역시 이것이 울리고 있어서 설마 그런
일이 일어나고 있었다고는 상상도 못했어요."

그 말을 듣자 아케치는 길게 기른 머리카락을 손가락으
로 더부룩이 휘저으면서, 무엇인가 대단히 열중하는 모습을
보였습니다.

아케치 "그날 아침에 자명종 시계가 울린 것은 틀림없지요?"

기타무라 "네, 그것은 틀림없습니다."

아케치 "귀하는 그것을 경찰에게 말씀하지 않으셨습니까?"

기타무라 "아니오. … 하지만 왜 그런 것을 물으십니까?"

아케치 "왜냐고요 이상하지 않습니까? 그 날 밤에 자살하려
고 결심한 사람이 내일 아침의 자명종을 감아 둔다
고 하는 것은."

기타무라 "과연, 듣고 보니 이상하네요."

기타무라는 멍청하게도 지금까지 이 점을 알아차리지 못하고 있었던 것 같습니다. 그리고 아케치가 하는 말이 무엇을 의미하는지도 아직도 확실히 이해하지 못하는 모습이었습니다. 그러나 그것도 결코 무리는 아닙니다. 입구의 문단속이 되어 있는 것, 독약의 용기가 죽은 사람 옆에 떨어져 있던 것, 기타 모든 사정이 엔도의 자살을 틀림없는 것으로 보여주고 있었기 때문에요.

그러나 이 대화를 들은 사부로는 마치 발밑의 지반이 갑자기 무너지기 시작한 것 같은 놀라움을 느꼈습니다. 그리고 왜 이런 곳으로 아케치를 데리고 왔을까 하고, 자기의 어리석음을 후회하지 않을 수 없었습니다.

아케치는 그러고 나서 가일층 면밀하게 방안을 조사하기 시작했습니다. 물론 천장도 놓칠 리가 없습니다. 그는 널빤지를 한 장, 한 장 두드려 보고, 사람이 들어오고 나간 흔적이 없는지를 조사하며 돌아다녔습니다. 그러나 사부로가 안도한 것은 그 탐정 실력이 대단한 아케치도 옹이구멍으로부터 독약을 흘리고 그것을 다시 원래대로 뚜껑을 덮어 둔다고 하는, 새로운 수법은 알아차리지 못한 것 같고, 널빤지

한 장도 떨어져 있지 않은 것을 확인하자, 더 이상 깊이 파고드는 것은 하지 않았습니다.

그런데 결국 그 날은 특별한 발견도 없이 끝났습니다. 아케치는 엔도의 방을 다 보고 나서 다시 사부로 방에 돌아와서 잠시 잡담을 주고받은 후 아무 일도 없다는 듯이 돌아갔습니다. 다만 그 잡담하는 동안 다음과 같은 대화가 있던 것을 빠뜨리고 쓸 수는 없습니다. 왜냐하면 이것은 일견 극히 재미없는 것 같지만, 사실은 이 이야기의 결말에 가장 중대한 관계가 있으니까요.

그때 아케치는 소맷자락에서 꺼낸 에어십[19])에 불을 붙이면서, 갑자기 정신이 든 것처럼 이런 말을 했습니다.

아케치 "자네는 아까부터 전혀 담배를 피우지 않는 것 같은데 끊은 거야?"

그런 말을 듣고 보니, 아니나 다를까 사부로는 최근 2, 3일 그렇게나 좋아하는 담배를 마치 잊어버린 것처럼 한 번도 피우고 있지 않았습니다.

사부로 "이상하네. 전혀 안 피우고 있었네. 게다가 자네가

---

19) 에어십 : 양쪽 끝을 자른 채, 물부리나 필터가 달려 있지 않는 궐련.

그렇게 피우고 있어도 조금도 피우고 싶지 않는데."

아케치 "언제부터야?"

사부로 "생각해 보니, 벌써 2, 3일 안 피우는 것 같아. 맞아! 여기에 있는 시키시마(敷島)[20]를 산 것이 아마 확실히 일요일이었으니까, 벌써 만 3일 동안 한 개비도 피우지 않은 셈이야. 도대체 어떻게 된 거지?"

아케치 "그럼 딱 엔도 군이 죽은 날부터네."

그 말을 듣자 사부로는 무의식중에 가슴이 뜨끔했습니다. 그러나 설마 엔도의 죽음과 그가 담배를 피우지 않는 것 사이에 인과관계가 있을 것이라고도 생각되지 않았기 때문에, 그 자리에서는 그냥 웃어버리고 만 것이지만 나중에 생각해 보니 그것은 결코 우스개로 해 버릴 만한 무의미한 사안은 아니었던 것입니다. – 그리고 이렇게 사부로가 담배를 싫어하는 것은 그 후 오래오래 지속되었습니다.

---

20) 시키시마(敷島) : 물부리가 달린 중급의 담배로 1920년부터 25년까지는 판매 1위의 상표였다.

VIII.

사부로는 잠시 바로 그 자명종 시계 일이 왠지 모르게 신경이 쓰여 밤에도 마음 놓고 잘 수 없었습니다. 설사 엔도가 자살한 것이 아닌가 하는 것을 알아도 그가 그 하수인이라고 의심받을 그런 증거는 하나도 없을 테니, 그다지 걱정하지 않아도 좋을 것 같지만, 하지만 그것을 알고 있는 사람이 바로 그 유명한 아케치라고 생각하자 좀처럼 안심할 수 없습니다.

그러나 그러고 나서 반 달 정도는 아무 일 없이 지나가 버렸습니다. 걱정하고 있던 아케치도 그 후 한 번도 찾아오지 않는 것입니다.

사부로 "아이고 맙소사. 이것으로 대단원의 막이 내린 건가?"

그래서 사부로는 마침내 경계심을 풀게 되었습니다. 그리고 가끔 무서운 꿈에 시달리는 적은 있어도 대체로 유쾌한 나날을 보낼 수 있었습니다. 특히 그를 기쁘게 한 것은 그런 살인죄를 범하고 나서는 지금까지 조금도 흥미를 느끼지 않았던 여러 가지 유흥이 이상하게 재미있게 된 것입니다. 그러므로 이 무렵에는 매일 그는 집에 붙어 있지 않고 돌아다니는 것이었습니다.

어느 날 일이었습니다. 사부로는 그 날도 밖에서 밤을 지새우고 10경에 집에 돌아와서 자려고 이불을 꺼내기 위해 무심코 쓱 하고 벽장의 맹장지를 열었을 때였습니다.

사부로 "으악"

그는 갑자기 무섭고 커다랗게 외치는 소리를 내더니 두서 걸음 뒤로 뒤뚱거렸습니다. 그는 꿈을 꾸고 있던 것일까요? 그렇지 않으면 정신이라도 돈 것은 아닙니까? 거기에는 벽장 안에 바로 그 죽은 엔도의 목이 머리카락을 마구 흩뜨리고 어둑어둑한 천장에서 거꾸로 매달려 있던 것입니다.

사부로는 일단은 도망치려고 해서 입구 쪽으로 갔는데 무엇인가 다른 것을 잘못 본 것은 아닌가 하는 생각도 들어 두려워하면서 되돌아가서 다시 한번 살짝 벽장 안을 들여다보니, 아이쿠 잘못 본 것이 아닐 뿐만 아니라 이번에는 그 목은 갑자기 빙그레 웃는 것이 아닙니까?

사부로는 다시 으악 하며 외치며 한달음에 입구 쪽으로

212

가서 미닫이를 열자, 단숨에 밖으로 도망치려고 했습니다.

아케치 "고다 군, 고다 군."

그것을 보자 벽장 안에서는 계속해서 사부로의 이름을 부르기 시작하는 것입니다.

아케치 "나야. 나야. 도망가지 않아도 돼."

그것은 엔도 목소리가 아니라 아무래도 들은 기억이 있는 다른 사람의 목소리였기 때문에, 사부로는 간신히 도망치는 것을 그만두고 주뼛주뼛하면서 뒤돌아보니,

아케치 "이거 미안, 미안."

그렇게 말하면서 전에 사부로 자신이 한 것처럼 벽장이 있는 천장에서 내려온 것은 뜻밖에도 바로 그 아케치 고로이었습니다.

아케치 "놀래서 미안해." 벽장에서 나온 양복 차림의 아케치가 싱글벙글하면서 말하는 것입니다. "잠깐 자네 흉내를 내 본 거야."

그것은 실로 유령 같은 것보다도 더 현실적인 한층 무서운 사실이었습니다. 아케치는 필시 죄다 알아차린 것에 틀림없습니다.

그때의 사부로의 마음은 실로 뭐하고도 형용할 수 없는

것이었습니다. 모든 사항이 머릿속에서 팔랑개비처럼 빙빙 돌며, 숫제 아무것도 생각할 것이 없을 때와 마찬가지로 그냥 멍하니 아케치의 얼굴을 응시하고 있을 수밖에 없었습니다.

아케치 "너무 갑작스러울지 모르지만, 이것은 자네의 셔츠 단추이지?"

아케치는 자못 사무적인 어투로 시작했습니다. 손에는 작은 조개 단추를 쥐고 그것을 사부로 눈앞에 내밀면서,

아케치 "다른 하숙하는 사람들도 조사해 보았는데 누구도 이런 단추를 잃어버린 사람은 없어. 아, 이 셔츠의 단추 말이지. 거 봐! 두 번째 단추가 떨어져 있잖아?"

깜짝 놀라서 가슴을 보니 아니나 다를까 단추가 하나 떨어져 있습니다. 사부로는 그것이 언제 떨어졌는지 전혀 알아차리지 못하고 있던 것입니다.

아케치 "모양도 같고 틀림없어. 그런데 이 단추를 어디에서 주웠다고 생각해? 널빤지야. 그것도 바로 그 엔도 군 방 위에서야."

그렇다고 하더라도 사부로는 어째서 단추 같은 것을 떨어뜨리고 알아차리고 있지 못한 걸까? 게다가 그때 틀림없

이 회중전등으로 자세히 조사하지 않았습니까?

아케치 "엔도 군은, 자네가 죽인 것 아냐? ."

아케치는 천진난만하게 싱글벙글 웃으면서(그것이 이 경우에는 한층 기분 나쁘게 느껴지는 것입니다) 사부로의 눈둘 곳이 없어 난처한 눈 속을 얼굴을 내밀면서 들여다보며 다짐을 하듯이 말하는 것이었습니다.

사부로는 이제는 다 틀렸다고 생각했습니다. 설사 아케치가 어떤 능숙한 추리를 구성해 오더라도 그냥 추리만이라면 얼마든지 항변의 여지가 있습니다. 하지만 이런 예기치 않은 증거물을 들이대면 어떻게 할 수도 없습니다.

사부로는 당장이라도 울먹일 것 같은 어린이 같은 표정으로 언제까지나 아무 말 없이 우두커니 앞에 서 있었습니다. 가끔 희미하게 보이는 눈앞에는 묘하게도 아주 오랜 옛날의 초등학교 시절의 일 등이 환상처럼 떠오르기 시작하는 것이었습니다.

그러고 나서 두 시간 정도 지난 후, 그들은 역시 원래 상태로 그 긴 시간 동안 거의 자세도 흐트리지 않고 사부로 방에서 마주 대하고 있었습니다.

아케치 "고마워. 용케 사실을 숨김없이 이야기해 주었군."

마지막으로 아케치가 말하는 것이었습니다. "나는 결코 자네에 관한 것을 경찰에 신고 같은 것은 안 해. 다만 내 판단이 맞을지 어떨지 그것을 확인하고 싶었던 거야. 자네도 알다시피 내 흥미는 단지 『진실을 안다』라는 점에 있으니, 실은 더 이상의 일은 어찌해도 상관없는 거야. 게다가 말이야 이 범죄에는 하나도 증거라는 것이 없어. 셔츠의 단추 하하…

그것은 내 트릭이야. 무엇인가 증거품이 없으면 자네가 납득하지 못할 거라고 생각해서 말이야. 요전에 자네를 방문했을 때, 그 두 번째 단추가 떨어져 있는 것을 알았기 때문에, 조금 이용해 본 거야. 뭐! 이것은 내가 단추 가게에 가서 사 온 거야. 단추가 언제 떨어졌는지 같은 건 아무도 그다지 눈치채지 못하는 것이고 더욱이 자네가 흥분하고 있을 때인지라 아마 잘 될 거라 생각해서 말이야.

내가 엔도 군의 자살을 의심하기 시작한 것은 자네도 알다시피 그 자명종 시계로부터야. 그때부터 이 관할의 경찰서장을 찾아가서 여기에 현장 검증하러 온 형사 한 사람으로부터 자세히 당시의 상황을 들을 수 있었지만, 그 이야기에 의하면 모르핀 병이 담배 상자 속에 나뒹굴고 있고 알맹이가 담뱃잎에 떨어져 걸려 있었다고 하는 거야. 경찰들은 이것에 별반 주의를 기울이지 않았던 것 같은데, 생각해 보면 굉장히 묘한 일이 아닌가? 들은 바에 의하면, 엔도는 대단히 꼼꼼한 성격의 남자라고 하고, 단정하게 잠자리에 들어가서 죽는 준비까지 하는 사람이 독약 병을 담배 상자 속에 두는 것만으로는 어떨까 하고 생각하는데, 게다가 알맹이를 흘리는 것은 왠지 모르게 부자연스럽지 않나?

그래서 나는 점점 의심이 깊어진 셈인데, 갑자기 생각난 것은 자네가 엔도가 죽은 날부터 담배를 피우지 않게 된 것이다. 이 두 가지 사항은 우연의 일치로 하기에는, 조금 이상하지 않을까? 그러자 나는 자네가 전에 범죄를 흉내 내는 일을 하며 기뻐하고 있던 것을 생각해냈다. 자네에게는 변태적인 범죄 기호 습성이 있었어.

나는 그때부터 여러 차례 이 하숙에 와서 자네에게 들키지 않도록 엔도의 방을 조사하고 있었어. 그

217

리고 범인의 통로는 천장 이외에 없다는 것을 알았기 때문에, 자네의 소위 『지붕 밑의 산책』에 의해 하숙하는 사람들의 모습을 살피기로 했지. 특히 자네 방의 위에서는 여러 번 오랫동안 쭈그리고 앉아 있었지. 그래서 자네의 그 안달복달하는 모습을 죄다 훔쳐보고 말았네.

살피면 살필수록 모든 사정이 자네를 가리키고 있어. 하지만 유감스럽게도 확증이라는 것이 하나도 없는 거야. 그래서 말이지, 나는 이런 연극을 생각해낸 거야. 하하, 하하, 하하. 그럼 이것으로 실례할 게. 아마 이제 만날 기회는 없겠지. 왜냐하면, 자네는 틀림없이 자수할 결심을 하고 있으니까."

사부로는 이 아케치의 트릭에 대해서도 이제 더는 아무런 감정도 생기지 않는 것이었습니다. 그는 아케치가 떠나는 것도 모른 체하고 "사형이 될 때의 기분은 도대체 어떤 것일까?" 단지 그런 것을 멍하니 생각에 잠기고 있는 것이었습니다.

그는 독약의 병을 옹이구멍에서 떨어뜨렸을 때, 그것이

어디에 떨어진 것을 보지 않았다는 식으로 생각하고 있었지만, 사실은 궐련에 독약이 흘러내린 것까지 똑바로 보고 있었습니다. 그리고 그것이 의식 속에 밀려 들어와서 정신적으로 그를 담배를 싫어하게 만들어 버린 것입니다.

인간의자 人間椅子

주요 등장인물

요시코(佳子) : 본 작품의 주인공으로 아름다운 여성 작가. 외무성 서기관의
　　　　　　　남편이 있다. 대저택에 살고 있으며, 어떤 편지이든 자기에게 온 것은
　　　　　　　대강 훑어보는 주의이다.

저(私) : 원고지로 요시코에게 편지를 보낸 인물. 참으로 추한 용모를 지닌
　　　　남자로 의자 장인이다.

여자 하인 : 요시코에게 편지를 들고 오는 인물.

　요시코(佳子)는 매일 아침 남편의 등청(登廳)[1] 배웅을 마치면, 그것은 항상 10시가 지나는데, 겨우 자신의 몸이 돌아와서 서양관 쪽의 남편과 같이 쓰는 서재에 틀어박히는 것이 습관으로 되어 있었다. 그리고 그녀는 지금 K잡지의 이번 여름 증대호(增大號)[2]에 싣기 위한 긴 창작에 착수하고

---

1) 등청(登廳) : 관청에 출근하는 것.

있는 것이었다.

아름다운 규수 작가로서의 그녀는 요즘은 외무성 서기관인 부군의 존재를 희미하게 생각할 정도로 유명해졌다. 그녀한테는 매일 미지의 숭배자들로부터 몇 통인지 모르는 편지가 왔다.

오늘 아침에도 그녀는 서재 책상 앞에 앉자, 일을 시작하기 전에 먼저 이들 미지의 사람들로부터 오는 편지를 대강 훑어보지 않으면 안 되었다.

그것은 어느 것 할 것 없이 판에 박은 듯이 시시한 문구의 편지뿐이었지만, 그녀는 상냥한 마음씨에서 어떤 편지이든 간에 자기에게 보내진 것은 여하튼 얼추 읽어보기로 하고 있었다.

간단한 것부터 먼저 읽고 두 통의 봉서(封書)와 한 장의 엽서를 다 보자, 부피가 큰 원고 같은 것이 한 통 남았다. 특별히 통지 편지는 받고 있지 않았지만, 이렇게 갑자기 원고를 보내오는 예는 지금까지 자주 있는 일이었다. 그것은 대부분 장황하고 따분하기 짝이 없는 것이었지만, 그녀는

---

2) 증대호(增大号) : 보통 호보다 지면을 늘려 간행한 잡지 등의 인쇄물.

아무튼 표제(表題)³⁾만이라도 보겠다고 하고 봉을 뜯고 안에 있는 종이 다발을 꺼내 보았다.

그것은 생각한 대로 원고용지를 철한 것이었다. 그러나 어찌 된 것인지 표제도 서명도 없고, 갑자기 '부인'이라고 하는 호칭의 말로 시작되는 것이었다. 글쎄? 그럼 역시 편지일까, 그렇게 생각하고, 아무렇지도 않게 두 줄, 세 줄 빨리 읽어가는 사이에 그녀는 거기에서 왠지 이상한 묘하게 어쩐지 기분 나쁜 것을 예감했다. 그리고 타고난 호기심이 그녀로 하여금 쭉쭉 그다음을 읽게 만들어 가는 것이었다.

부인,

부인께서는 전혀 알고 계시지 않은 남자가 갑자기 이와 같은 무례한 편지를 드리는 죄를 거듭 용서해 주시기 바랍니다.

이런 것을 말씀드리면, 부인께서는 필시 깜짝 놀라실 것이겠지만, 저는 지금 부인 앞에 제가 저질러온 대단히 이상한 죄악을 고백하려고 하는 것입니다.

저는 몇 개월 전 동안 철저하게 인간계(人間界)⁴⁾에서 모습을

---

3) 표제(表題) : 서책의 겉에 쓰는 그 책의 이름.

4) 인간계(人間界) : 인간이 있는 세계.

감추고 정말 악마와 같은 생활을 계속해왔습니다. 물론 넓은 세계에 누구 하나 내 소행을 아는 사람은 없었습니다. 만일 아무일도 없으면 저는 이대로 영원히 인간계에 되돌아가는 일은 없었는지 모릅니다.

그러나 최근에 제 마음에 어떤 이상한 변화가 일어났습니다. 그리고 아무리 해도 제 이 불행한 신상을 참회하지 않고는 견딜 수 없게 되었습니다. 다만 이렇게 말씀드리기만 해서는 여러 가지로 의심스럽게 생각하실 점도 있겠습니다만, 아무쪼록 여하튼 이 편지를 끝까지 읽어주십시오. 그러면 왜 제가 그런 기분이 되었는지. 또 왜 이 고백을 새삼스레 부인께 들어 주십사 하고 부탁드려야 하는지 그것들이 모두 명백해지겠지요.

그런데 무엇부터 쓰기 시작하면 좋을까, 너무 평범하지 않은 기괴천만(奇怪千万)5)한 사실이어서 이런 인간세계에서 사용되는 편지라는 방법으로는 이상하게 낯간지럽고 붓이 무녀지는 것을 느낍니다. 하지만 결단을 내리지 못하고 있어도 방도가 없습니다. 여하튼 일의 시작에서 순서대로 써 내려가도록 하겠습니다.

---

5) 기괴천만(奇怪千万) : 외관이나 분위기가 괴상하고 기이하기 짝이 없는 것.

저는 태어나면서부터 유달리 추한 용모의 소유자입니다. 이것을 부디 확실히 기억해 주시기를 부탁드립니다. 그렇지 않으면 만일 부인께서 이 무례한 부탁을 들어주시고, 저를 만나주셨을 경우, 그렇지 않아도 추한 제 얼굴이 오랜 세월의 불건전한 생활 때문에 두 번 다시 볼 수 없는 지독한 모습이 된 것을 아무런 예비지식도 없이 부인께 보이는 것은 저로서는 참을 수 없는 일입니다.

저라는 남자는 이 얼마나 불행하게 태어난 것인가요? 이런 추한 용모를 가지고 있으면서도, 가슴 속에서는 남몰래 정말 격렬한 정열을 태우고 있었습니다. 저는 요괴와 같은 얼굴을 한 그리고 매우 가난한 한 장인에 지나지 않는 제 현실을 잊고, 분수도 모르는 감미롭고 사치스러운 다종다양한 '꿈'을 동경하고 있었습니다.

제가 만일 더 풍족한 집에 때어나 있었더라면, 금전의 힘으로 여러 가지 유희에 빠지거나 추한 얼굴의 서글픔을 달랠 수가 있었겠지요. 그렇지 않으면 또 제게 더 예술적 천분이 주어져 있더라면, 예를 들어 아름다운 시가로 이 세상의 따분함을 잊어버릴 수도 있었겠지요. 그러나 불행한 저는 어떤 은총을 받지도 못하고 불쌍한 한 가구 장인의 아들로 부모에게 물려받은 일을 하며 그 날 그날의 생계를 꾸려나갈 수밖에 없었습니다.

제 전문은 여러 가지 의자를 만드는 것이었습니다. 제가 만든

의자는 어떤 까다로운 주문을 한 사람도 반드시 마음에 든다고
해서, 상점에서도 저를 특별히 총애해서, 일도 상등품만을 돌려
주었습니다. 그런 상등품이 되면, 의자 뒷부분이나 팔걸이의 조
각에 여러 가지 까다로운 주문이 있거나 쿠션 상태나 각 부분의
치수 등에 미묘한 주문이 있거나 해서 그것을 만드는 사람에게
는 좀처럼 초보자가 상상할 수 없는 그런 고심이 필요합니다만,
하지만 고심을 하면 할수록 완성되었을 때의 유쾌함을 이루 말
할 수 없습니다. 건방진 소리를 하는 것 같습니다만, 그 기분은
예술가가 훌륭한 작품을 완성했을 때의 즐거움에도 비할 데가
아니라고 사료됩니다.

　의자 하나가 완성되면, 저는 먼저 직접 그것에 앉아서 그 느
낌을 시험해봅니다. 그리고 따분한 장인 생활 속에도 이때만은
뭐라고 말할 수 없는 만족을 느끼는 것입니다. 거기에는 어떤 고
귀한 분이 혹은 어떤 아름다운 분이 앉으실 것인가, 이런 훌륭한
의자를 주문하실 정도의 저택이니, 거기에는 필시 이 의자에 적
합한 사치스러운 방이 있겠지. 벽에는 틀림없이 유명한 화가의
유화가 걸려 있고, 천장에는 위대한 보석 같은 샹들리에가 매달
려 있음에 틀림 없고, 바닥에는 고가의 융단이 깔려있을 거야.
그리고 이 의자 앞의 테이블에는 깜짝 놀랄 만한 서양 화초가
감미로운 향기를 풍기며 어우러져 피고 있겠지. 그런 망상에 빠
져 있으면 왠지 모르게 이렇게 제 자신이 이 훌륭한 방의 주인이

라도 된 것 같은 생각이 들고, 그저 얼마 안 되는 순간이지만 뭐라고도 형용할 수 없는 유쾌한 기분이 되는 것입니다.

제 허무한 망상은 더더욱 한없이 심해져 갑니다. 바로 제가 가난하고 추하고 장인 하나에 지나지 않은 제가 망상의 세계에서는 고상한 귀공자가 되어 내가 만든 멋진 의자에 앉아 있는 것입니다. 그리고 그 옆에는 늘 제 꿈에 나오는 아름다운 제 연인이 산뜻하고 아름답게 미소 지으면서, 제 이야기를 열심히 듣고 있습니다. 그것뿐만이 아닙니다. 저는 망상 속에서 그 사람과 손을 맞잡고 달콤한 사랑의 정담을 속삭이며 나누기조차 하는 것입니다.

그러나 어느 경우에도 저의 이런 두둥실 거리는 보랏빛 꿈은 순식간에 근처 아주머니의 떠들썩한 이야기 소리나 히스테리 같이 울부짖는 그 부근의 병든 아이의 울음소리에 방해되어, 제 앞에는 또다시 추한 현실이 그 잿빛 시체를 속속들이 드러내는 것입니다. 현실로 되돌아온 저는 거기에 꿈의 귀공자와는 전혀 닮지 않은 가볍고 추한 자기 자신의 모습을 발견합니다. 그리고 방금 제게 미소를 미소 지어 보여 준 그 아름다운 사람은. … 그런 것이 도대체 어디에 있는 걸까요? 그 주변에 먼지투성이가 되어 놀고 있는 지저분한 아이를 보고 있는 여자조차도 저는 거들떠

보지도 않는 것입니다. 단지 하나 제가 만든 의자만이 지금의 꿈의 자취처럼 거기에 오도카니 남아 있습니다. 하지만 그 의자는 얼마 안 있어 어딘지도 모르는 우리들 것과는 전혀 다른 세계로 날아가 버리는 것이 아닙니까?

저는 이렇게 의자를 하나하나 완성할 때마다 말할 수 없는 따분함에 사로잡히는 것입니다. 그 뭐라고 형용할 수 없는 얼씨구, 얼씨구, 하는 마음은 세월이 지남에 따라 점점 제게는 더 이상 참을 수 없는 것으로 되기 시작했습니다.

"이런, 버러지 같은 생활을 계속해 갈 바에야, 차라리 죽어버리는 편이 낫다." 저는 진지하게 그런 것을 생각합니다. 작업장에서도 톡톡 끌을 사용하면서 못을 박으면서 혹은 자극이 강한 도료를 자꾸 개어 반죽하면서 그 똑같은 것을 집요하게 계속 생각하는 것입니다. "하지만 기다려, 죽어버릴 바에는, 그 정도의 결심을 할 수 있다면 더 달리 방법이 없는 것일까? 예를 들어 …" 그렇게 제 생각은 점점 무서운 쪽으로 향해 가는 것이었습니다.

마침 그 무렵 저는 이전에 직접 다루어본 적이 없는 커다란 가죽을 씌운 안락의자의 제작을 의뢰받고 있었습니다. 이 의자는 같은 Y시에서 외국인이 경영하고 있는 어떤 호텔에 납품할 물건으로, 원래라면 그 본국에서 가져오게 할 것을 제가 고용된 상점이 운동해서 일본에도 수입품에 뒤떨어지지 않는 의자 장인

이 있으니까 하여 간신히 주문을 따낸 것입니다. 그만큼 저로서
도 침식을 잊고 그 제작에 열중했습니다. 정말로 정성을 다해 열
심히 한 것입니다.

　그런데 완성된 의자를 보니 저는 이전에 생각하지 못한 만족
감을 느꼈습니다. 그것은 스스로 넋을 잃고 볼 정도의 멋진 됨됨
이이었기 때문입니다. 저는 여느 때처럼 네 팔 일조로 되어 있는
그 의자 하나를 햇볕이 잘 드는 마루방으로 들고 가서 천천히
앉았습니다. 이 어쩌면 앉기에 편안한 것일까요? 부드럽게 부풀
어 있고 너무 딱딱하지 않고 너무 부드럽지 않은 쿠션의 찰기,
일부러 물빛을 피하고 잿빛의 원래 모습 그대로 붙인 무두질한
가죽의 촉감, 적당한 경사를 유지하며 살짝 등을 받쳐 주는 풍족
한 의자 뒷부분, 섬세한 곡선을 그리며 수북이 부풀어 오른 양쪽
의 팔걸이, 이들 모든 것이 이상한 조화를 지니며, 혼연히 '안락'
이라는 말을 그대로 형태로 나타내고 있는 것처럼 보입니다.
　저는 거기에 깊숙이 몸을 가라앉히고 양손으로 통통한 팔걸
이를 애무하면서, 황홀해졌습니다. 그러자 제 버릇으로 하염없
는 망상이 오색 무지개처럼 눈부실 정도의 색채로 계속해서 마
음속에 북받쳐 오르는 것입니다. 그것을 환상이라고 하는 것일
까요? 마음에 그리는 대로가 너무나도 확실히 눈앞에 떠오르기
에 저는 혹시 미치기라도 한 것은 아닌가 하고 어쩐지 무서워졌

을 정도입니다.

그렇게 하는 사이에 제 머리에 갑자기 멋진 생각이 떠올라왔습니다. 악마의 속삭임이라는 것은 아마 그런 것을 가리키는 것은 아닐까요? 그것은 꿈처럼 황당무계하고 대단히 기분이 나쁜 일이었습니다. 하지만 그 까닭 모를 무서움이 말할 수 없는 매력이 되어 저를 부추기는 것입니다.

저는 그저 정성을 담은 아름다운 의자를 내놓고 싶지 않다, 가능하면 그 의자와 함께 끝까지 따라가고 싶다, 그런 단순한 바람이었습니다. 그것이 어렴풋이 망상의 날개를 펼치고 있는 사이에 어느 사이엔가 그 날 무렵 제 머리에 떠올라 무르익고 있었습니다. 어떤 무서운 생각과 결부되고 말았던 것입니다. 그리고 저는 정말 뭐라고 꼬집어 말할 수 없는 미치광이일까요? 그 괴기하기 짝이 없는 망상을 실제로 실행해 보려고 결심한 것이었습니다.

저는 매우 서둘러 네 개 중에서 가장 잘 만들어졌다고 생각하는 안락의자를 부셔서 분해하고 말았습니다. 그리고 다시 그것을 제 묘한 계획을 실행하는 데에 편리하게 다시 만들었습니다.

그것은 극히 대형 안락의자이기에 앉는 부분은 바닥에 거의 스칠 정도로 가죽으로 덮여 있고 그 밖에 등을 기대는 부분도, 팔걸이도, 대단히 두껍게 만들어져 있어, 그 내부에는 사람 한 사람이 숨어 있어도 결코 밖에서 알 수 없을 정도의 공통된 커다란 공동이 있는 것입니다. 물론 거기에는 튼튼한 나무 테와 많은 스프링이 설치되어 있습니다만, 저는 그것에 적당한 세공을 하고 사람이 앉는 부분에 팔꿈치를 넣고 등을 기대는 부분 속에 목과 몸통을 넣어, 마치 의자 형태로 앉으면 그 안에 숨어 있을 수 있는 정도의 여유를 만든 것입니다.

그런 세공은 장기인지라, 가히 솜씨 좋게 편리하게 마무리했습니다. 예를 들어 숨을 쉬거나 외부 소리를 듣기 위해 가죽 일부를 밖으로부터는 전혀 알 수 없는 그런 빈틈을 만들거나 등을 기대는 부분 내부, 정확히 머리 옆으로 작은 선반을 달아, 무엇인가를 저장할 수 있게 하거나, 이곳에 물통과 군대용 건빵을 가득 채워 넣었습니다. 어떤 용도를 위해 커다란 고무주머니를 달아 붙이거나, 그 밖에 여러 가지 고안을 짜내서 먹을 것만 있으면, 그 안에 2, 3일 계속해서 들어가 있어도 절대로 불편을 느끼지 않도록 장치해 두었습니다. 말하자면 그 의자가 사람 한 사람의 방이 된 셈입니다.

저는 셔츠 한 장만 입은 상태가 되자, 바닥에 장치한 출입구의 뚜껑을 열고 의자 속으로 푹 들어갔습니다. 그것은 실로 기묘한 기분이었습니다. 새카맣고 숨이 막히는 마치 무덤 안에 들어간 것처럼 이상한 느낌이 들었습니다. 생각해 보니 무덤이 틀림없습니다. 저는 의자 안에 들어감과 동시에 마치 입으면 모습이 보이지 않는다는 '상상의 도롱이'라도 입은 것처럼 이 인간세계로부터 소멸해 버린 셈이니까요.

　얼마 후 상점에서 심부름꾼이 네 팔의 안락의자를 수령하기 위해 커다란 짐수레를 가지고 찾아왔습니다. 제가 데리고 있는 제자가(저는 그 남자와 단둘이 살고 있었습니다) 아무것도 모르고 심부름꾼을 상대로 응답을 하고 있습니다. 수레에 짐을 실을 때 인부 한 사람이 "이건 되게 무겁네." 하고 큰소리를 치는 바람에 의자 속의 저는 엉겁결에 가슴이 뜨끔했습니다만, 원래 안락의자 그 자체가 대단히 무거우니 인부가 별로 이상하게 여기지 않고, 드디어 덜커덩덜커덩하는 짐수레의 진동이 제 몸에까지 일종의 이상한 감촉을 전해왔습니다.

　대단히 걱정했습니다만, 결국 아무 일도 없이 그 날 오후에는 이미 제가 들어간 안락의자는 호텔의 한 방에 의젓하게 자리 잡고 있었습니다. 나중에 알았습니다만, 그것은 개인 룸이 아니라 사람을 만나거나 신문을 읽거나 담배를 피우거나 하는 다양한 사람이 빈번하게 들락거리는 라운지라고 할 만한 방이었습니다.

　이미 훨씬 전에 알아차리셨겠지만, 저의 이 기묘한 행위의 첫 번째 목적은 사람이 없을 때를 확인하고 의자 안에서 빠져나와서 호텔 안을 서성이며 돌아다니고 도둑질을 하는 것이었습니다. 의자 안에 사람이 숨어 있으리라고는 그런 말도 안 되는 것

231

을 누가 상상할까요? 저는 그림자처럼 자유자재로 한 방에서 다른 방을 휩쓸고 다닐 수 있습니다. 그리고 사람들이 소란을 피우기 시작할 때는 의자 안의 은신처로 도망쳐 돌아와서 숨을 죽이고 그들의 멍청한 수색을 구경하고 있으면 되는 것입니다. 부인께서는 해안의 파도가 밀어닥치는 곳에 '소라게'라고 하는 일종의 게가 있는 것을 알고 계시지요. 커다란 거미 같은 모양을 하고 있다가 사람이 없으면 그 주변을 제 세상인 양 거리낌 없이 휩쓸고 다니고 있습니다만, 조금이라도 사람 발소리가 나면 무서운 속도로 조가비 속으로 도망쳐 들어갑니다. 그리고 덥수룩해서 보기에도 기분 나쁘고, 징그러운 앞발을 조그만 조가비에서 내밀고 적의 동정을 살피고 있습니다. 저는 마치 그 '소라게'이었습니다. 조가비 대신에 의자라고 하는 은신처가 있고 해안이 아니라 호텔 속을 제 세상인 양 거리낌 없이 휩쓸고 다니는 것입니다.

그런데 바로 저의 엉뚱한 계획은 그것이 엉뚱했던 만큼 사람들이 예상 밖의 행동을 하자 멋지게 성공했습니다. 호텔에 도착하고 나서 사흘째 되는 날에는, 이미 많이 어떤 큰일을 끝내고 있었을 정도입니다. 막상 도둑질한다고 할 때의 두렵기도 하면서 즐거운 기분, 잘 성공했을 때의 뭐라고 형용하기 어려운 기쁨, 그리고 사람들이 제 바로 코앞에서 저쪽으로 도망갔다, 이쪽으로 도망갔다고 큰 소동을 피우는 것을 가만히 보고 있는 우스꽝스러움. 이것이 뭐라고 하나, 어떤 이상한 매력을 지니고 저를 즐겁게 해 주는 것일까요?

하지만 저는 지금 유감스럽게도 그것을 자세히 말씀드릴 여유가 없습니다. 저는 그래서 그런 도둑질 등보다는 열 배나 이십 배나 저를 기쁘게 하는 괴기하기 짝이 없는 쾌락을 발견한 것입니다. 그리고 그것에 관해 고백하는 것이 실은 이 편지의 진정한 목적입니다.

말씀을 앞으로 돌려서, 제 의자가 호텔 라운지에 놓였을 때의 일부터 시작하지 않으면 안 됩니다.

의자가 도착하자, 한동안 호텔 주인들이 그 앉은 상태를 돌아보고 다녀갔습니다만, 나중에는 횅댕그렁해지고 소리 하나 나지 않았습니다. 아마 방에는 아무도 없겠지요. 하지만 도착하자마자, 의자로부터 나오는 것 등은 도저히 무서워서 나올 수 있는 것이 아닙니다. 저는 대단히 오랫동안 -- 단지 그렇게 느꼈는지도 모릅니다만 -- 약간의 소리도 놓치지 않으려고 모든 신경을 귀에 집중해서 가만히 주위 상황을 살피고 있었습니다.

그리고 잠시 지나자 아마 복도 쪽에서 나는 것입니다. 뚜벅뚜벅 무거운 발소리가 들려왔습니다. 그것이 2, 3간(間) 맞은편까지 가까이 오자, 방에 깔린 융단 때문에 거의 알아들을 수 없을 정도의 낮은 소리로 바뀌었습니다만, 얼마 후 매우 거센 콧소리가 들리고, 깜짝할 사이에 서양인 같은 커다란 몸집이 내 무릎 위에 털썩 떨어지고, 푹신푹신하게 두세 번 튀었습니다. 제 넓적다리와 그 남자의 튼실하고 다부진 엉덩이는, 얇은 무두질한 가죽 한 장을 사이에 두고, 따뜻함을 느낄 정도로 딱 붙어 있습니다. 딱 벌어진 그의 어깨는 마치 제 가슴 부위에 기대고 무거운 양손은 가죽을 사이에 두고, 제 손과 서로 겹쳐 있습니다. 그리고 남자가 시거를 피우고 있는 것이겠지요. 남성적이고 풍부한 향기가 가죽 틈으로 감돌기 시작합니다.

부인, 가령 부인께서 제 위치에 있는 사람으로 그 자리의 상황을 상상해 보시기 바랍니다. 그것은 정말 뭐라고 꼬집어 말할 수 없는 이상하기 짝이 없는 정경일까요? 저는 정말 너무 무서운 나머지 의자 안의 어둠 속에서 아주 딱딱하게 몸을 웅크리고 겨드랑이에서는 식은땀을 줄줄 흘리면서 사고력 같은 것도 잃어버리고 그저 멍하니 있었던 것입니다.

그 남자를 시작으로 그 날 하루 제 무릎 위에는 각종 사람들이 번갈아 가며 앉았습니다. 그리고 아무도 제가 그곳에 있는 것을 -- 그들이 부드러운 쿠션이라고 굳게 믿고 있는 것이 실은 저라는 사람의 피가 통하는 넓적다리라는 것을 -- 전혀 깨닫지 못한 것입니다.

아주 캄캄한 곳에서 몸도 움직일 수 없는 가죽을 씌운 것 속의 위아래. 그것이 정말 얼마나 괴이하게도 매력 있는 세계일까요? 거기에서는 사람이라는 것이 평소 눈으로 보는 그 사람과는 전혀 다른 이상한 생물로 느껴집니다. 그들은 소리와 콧김과 발소리와 옷 스치는 소리와 그리고 몇 개의 토실토실한 탄력 있는 고깃덩이에 지나지 않는 것입니다. 나는 그들 한 사람, 한 사람을 그 용모 대신에 감촉으로 식별할 수 있습니다. 어떤 사람은 뒤룩뒤룩 토실토실하게 살쪄서 썩은 생선 같은 감촉을 줍니다. 그것과는 정반대로 어떤 사람은 딱딱하게 바짝 말라 버려 해골 같은 느낌이 듭니다. 그 밖에 등뼈의 굽은 형태, 어깨뼈의 벌어진 정도, 팔 길이, 넓적다리의 두께, 혹은 미골(尾骨 ; 꼬리뼈)의 장단 등, 이들 모든 점을 종합해 보면, 아무리 비슷한 키와 몸집의 사람도 어딘가 다른 곳이 있습니다. 사람이라는 것은 용모와 지문 이외에 틀림없이 이런 몸 전체의 감촉에 의해서도 완전히 식별할 수 있습니다.

이성에 관해서도 같은 것을 말할 수 있습니다. 보통의 경우는 주로 용모의 미추에 의해 그것을 비판하는 것이겠지만, 이 의자 안의 세계에서는 그런 것은 전혀 문제가 안 됩니다. 거기에는 알몸의 육체와 음성과 냄새가 있을 뿐입니다.

부인, 너무나도 노골적인 제 기술에 부디 기분을 상하지 않으시기 바랍니다. 저는 거기에서 여성 한 사람의 육체에 -- 그것은 제 의자에 앉은 최소의 여성이었습니다. -- 결렬한 애착을 느꼈습니다.

소리로 상상하면, 그것은 아직 매우 젊은 이국 처녀이었습니다. 마침 그때 방안에는 아무도 없었습니다만, 그녀는 무엇인가 즐거운 일이라도 있던 모습인데 작은 소리로 이상한 소래를 부르면서 춤추는 것 같은 걸음으로 거기에 들어왔습니다. 그리고 내가 숨어 있는 안락의자 앞까지 왔던가 싶더니, 갑자기 풍만하고 그러면서도 대단히 나긋나긋한 육체를 제 위에 내동댕이쳤습니다. 게다가 그녀는 무엇이 이상한지 갑자기 아하하아하고 웃음을 터뜨리고, 손발을 동동 구리며 그물 속의 물고기처럼 펄떡펄떡 뛰어다니는 것입니다.

그러고 나서 거의 반 시간 정도나 그녀는 내 무릎 위에서 가끔 노래를 부르면서, 그 노래에 가락을 맞추기라도 하는 것처럼 허리를 뒤틀며 무거운 몸을 움직이고 있었습니다.

이것은 실로 저로서는 마치 예기치 못했던 경천동지한 큰 사건이었습니다. 여성은 신성한 것, 아니 오히려 무서운 것으로 얼굴을 보는 것조차 삼갔던 저입니다. 바로 그 제가 지금 한 번도 본 적도 없이 전혀 모르는 처녀와 같은 방에 같은 의자에 그럴 계제가 아닙니다. 얇은 무두질한 가죽 홑겹을 사이에 두고 몸의 온기를 느낄 정도로 빈틈없이 딱 붙어 있는 것입니다. 그럼에도 불구하고 그녀는 아무런 불안도 없이 전신의 무게를 제 위에 내맡기고, 보는 사람이 없는 홀가분함에 자기 마음 내키는 대로 자태를 보이고 있습니다. 저는 의자 안에서 그녀를 꽉 껴안는 흉내를 낼 수도 있습니다. 가죽 뒤에서 그 풍만한 목덜미에 입맞춤할 수도 있습니다. 또 어떤 일을 하든 자유자재한 것입니다.

이 놀랄만한 발견을 하고 나서는 저는 최초의 목적이었던 도둑질 같은 것은 두 번째로 하고 그저 그 이상한 감촉의 세계에 미혹되어 탐닉한 것입니다. 저는 생각했습니다. 이거야말로 이 의자 안의 세계야말로 제게 주어진 진정한 거처가 아닌가 하고. 저와 같은 추하고 나약한 남자는 밝은 광명의 세계에서는 항상 열등감을 느끼면서, 부끄럽고 비참한 생활을 계속해 나가는 것 이외에 능력이 없는 몸입니다. 그것이 한 번 사는 세계를 바꾸고, 이렇게 의자 안에서 답답한 것을 참고 있기만 하면, 밝은 세계에서는 말하는 것은 물론 옆에 다가가는 것조차 허용되지 않았던 아름다운 사람에게 접근해서 그 소리를 듣고 살을 만질 수도 있는 것입니다.

의자 안의 사랑(?) 그것이 뭐랄까? 얼마나 불가사의하고 도취되는 매력을 지닐까? 실제로 의자 안에 들어와 본 사람이 아니면 알 수 없습니다. 그것은 그냥 촉각과 그리고 얼마 안 되는 후각만의 사랑입니다. 어둠 세계의 사랑입니다. 절대 이 세상의 것은 아닙니다. 이거야말로 악마의 나라의 애욕이 아닐까요? 생각해 보면 이 세계의 남의 눈에 띄지 않는 구석구석에서는 얼마나 보통과 다른 괴이한 형태의 무서운 일이 행해지고 있는가 정말 상상 밖입니다.

물론 처음 예정에서는 도둑질의 목적을 완수하기만 하면, 곧바로 호텔에서 도망갈 생각으로 있었습니다만, 유달리 괴기한 즐거움에 열중이었던 저는 도망가기는커녕 언제까지도 의자 안을 영주하는 거처로 삼고, 그 생활을 계속하고 있던 것입니다.

매일 밤의 외출에는 주의에 주의를 더해 전혀 소리를 내지 않고 또 남의 눈에 띄지 않도록 했기에, 당연히 위험은 없었습니다만, 그렇다고 하더라도 수개월이라는 긴 시간을 그렇게 해서 전혀 들키지 않고 의자 안에 살고 있었다는 것은 저로서도 실로 놀랄 만한 일이었습니다.

거의 종일 의자 안의 갑갑한 장소에서 팔을 구부리고 무릎을 꿇고 있어서 온 몸이 저리게 되어 완전히 직립할 수가 없고 마지막에는 요리하는 곳이나 화장실에 왕복하는 것을 앉은뱅이처럼 기어서 갔을 정도입니다. 저라는 남자는 뭐라고 꼬집어 말할 수 없는 미치광이일까요? 그 정도의 고통을 참아도 이상한 감촉의 세계를 내버리는 생각은 들지 않았던 것입니다.

그중에는 일 개월이나 이 개월이나 거기를 주거로 삼고 계속 묵고 있는 사람도 있었습니다만, 원래 호텔이기 때문에 끊임없이 손님들이 들락날락합니다. 따라서 제 기묘한 사랑도 시간과 함께 상대가 바뀌어 가는 것을 어쩔 수도 없었습니다. 그리고 그 수많은 이상한 연인의 기억은 보통 여느 때와 마찬가지로 그 용모에 의해서가 아니라 주로 몸의 모습에 의해 제 마음에 새겨져 흔적이 남는 것입니다.

어떤 사람은 망아지처럼 매우 난폭하고 날씬하게 꽉 째인 육체를 가지고 있고, 어떤 사람은 뱀처럼 요염하고 교태를 지으며 자유자재로 움직이는 육체를 가지고 있고, 어떤 사람은 고무공처럼 토실토실 살찌고 지방이 많고 탄력 있는 육체를 가지고 있고, 또 어떤 사람은 그리스 조각처럼 탄탄하고 힘이 넘치고 원만하게 발달한 육체를 가지고 있었습니다. 그 밖에 모든 여자의 육체에도 한 사람, 한 사람 각자의 특징이 있고 매력이 있던 것입니다.

그리고 여자에서 여자로 옮겨가는 동안에 저는 그것과는 또 다른 이상한 경험을 맛보았습니다.

그중의 하나는 어느 때 유럽의 어떤 강국의 대사 ―― 일본인 종업원이 말한 소문 이야기로 안 것이지만 ―― 그 훌륭한 체구를 제 무릎 위에 얹은 일입니다. 그 사람은 정치로서보다도 세계적인 시인으로 더욱 잘 알려진 사람이지만, 그만큼 저는 그 위인의 피부를 안 것이 가슴이 두근두근할 정도로 자랑스럽게 생각되는 것입니다. 그는 제 위에서 두세 명의 같은 나라 사람을 상대로 10분정도 이야기를 하고 그대로 떠나가 버렸습니다. 물론 무슨 말을 하고 있었는지 저는 전혀 알 수 없지만, 제스처를 할 때마다 토실토실하게 움직이는 보통 사람보다도 따뜻한 것처럼 생각되는 육체가 간질이는 것과 같은 감촉이 제게 일종의 말로 표현할 수 없는 자극을 준 것입니다.

그때 저는 갑자기 이런 것을 상상했습니다. 만일! 이 가죽 뒤에서 예리한 칼로 그의 심장을 겨냥해서 푹 한 번 찌른다면, 어떤 결과를 야기할까? 물론 그것은 틀림없이 그에게 두 번 다시 일어날 수 없는 치명상을 줄 것이다. 그의 본국은 말할 것도 없이 일본의 정치계는 그 때문에 얼마나 커다란 소동이 일어날 것인가? 신문은 어떤 격정적인 기사를 게재할 것이다. 그것은 일본과 그의 본국의 외교 관계에도 커다란 영향을 미칠 것이고, 또 예술의 입장에서도 그의 죽음은 틀림없이 세상의 하나의 커다란 손실일 것이다. 그런 큰 사건을 내 일거수일투족에 의해 손쉽게 실현할 수 있다. 그것을 생각하자 저는 이상한 만족을 느끼지 않을 수 없었습니다.

240

또 하나는 유명한 어느 나라의 댄서가 일본에 왔을 때 우연히 그녀가 그 호텔에 숙박하고 단 한 번이었습니다만, 제 의자에 앉은 것입니다. 그때도 저는 대사의 경우와 닮은 감명을 받았습니다만, 더구나 그녀는 제게 이전에 경험한 적이 없는 이상적인 육체미의 감촉을 주었습니다. 저는 그녀가 너무나도 아름다워 비열한 생각 등은 일어날 틈도 없고 그냥 오로지 예술품에 대할 때와 같은 경건한 기분으로 그녀를 찬미한 것입니다.

그 밖에 저는 아직 여러 가지로 진기하고 이상한 혹은 기분 나쁜 수많은 경험을 했습니다만, 그것들을 여기에 상세히 서술하는 것은 이 편지의 목적은 아니고 게다가 이야기가 상당히 길어졌기 때문에 서둘러 가장 중요한 점에 관해 이야기를 해나가기로 하겠습니다.

그런데 제가 호텔에 오고 나서, 몇 개월인가 뒤에 제 신상에 하나의 변화가 생겼습니다. 그 이유는 호텔 경영자가 어떤 사정으로 귀국하게 되어 뒤처리는 모두 꺼서 파는 것으로 어떤 일본인 회사에 양도한 것입니다. 그러자 일본인 회사는 종래의 비용이 많이 드는 영업 방침을 바꾸고 더욱 일반 사람을 대상으로 하는 여관으로 유리한 경영을 꾀하게 되었습니다. 그 때문에 필요가 없어진 세간 등은 어느 커다란 가구상에 위탁해서 경매하게 된 것입니다만, 그 경매 목록 안에 제 의자도 포함되어 있던 것입니다.

　저는 그것을 알자 한동안 낙담했습니다. 그리고 그것을 계기로 다시 한번 속세에 되돌아가서 새로운 생활을 시작할까 하고 생각했을 정도였습니다. 그때는 도둑질해서 모은 돈이 상당액에 달해 있어서 설령 세상에 나가도 이전처럼 비참한 생활을 하는 일은 없었습니다. 그러나 다시 생각을 바꿔 보니, 외국인 호텔을 나온 것은 한편으로는 커다란 실망이었습니다만, 다른 한편으로는 하나의 새로운 희망을 의미하는 것이었습니다. 그 이유는 저는 수개월 동안이나 그렇게 여러 유형의 이성을 사랑했음에도 불구하고 상대가 모두 외국인이었기에 그 사람들이 얼마나 멋지고 호감이 가는 육체의 소유자이어도 정신적으로 이상하게 어딘지 부족한 것을 느끼지 않을 수는 없었습니다. 역시 일본인은 같은 일본인에 관해서가 아니면 진정한 사랑을 느낄 수 없는 것은 아닐까? 나는 점점 그런 식으로 생각하고 있던 것입니다. 그때 마침 제 의자가 경매에 나왔습니다. 이번에는 어쩌면 일본인이 사들일지도 모른다. 그리고 일본인의 가정에 놓일지도 모른다. 그것이 저의 새로운 희망이었습니다. 저는 여하튼 좀 더 의자 안의 생활을 계속해 보기로 했습니다.

　고물상 가게 앞에서 이삼일 동안 대단히 괴로운 생각을 했습니다만, 하지만 경매가 시작되자 운 좋게도 제 의자는 즉시 구매자가 나섰습니다. 낡았어도 사람의 시선을 끌기에 충분히 멋진 의자였기 때문이겠지요.

구매자는 Y시에서 그다지 멀지 않은 대도시에 살고 있던 어떤 관리였습니다. 고물상 가게 앞으로부터 그 사람 저택까지 몇십 리가 되는 길을 몹시 진동이 심한 트럭으로 운반될 때는 저는 의자 안에서 죽을 정도의 고통을 맛보았습니다만, 하지만 그런 것은 구매자가 제가 바라던 대로 일본인이었다고 하는 기쁨에 비해서는 아무것도 아닙니다.

구매자인 관리는 꽤 훌륭한 저택의 소유자로 제 의자는 그곳의 서양식 건물의 넓은 서재에 놓였습니다만, 제가 몹시 만족한 것은 그 서재는 주인보다는 오히려 그 집의 젊고 아름다운 부인이 사용하시는 것이었기 때문입니다. 그 이후 약 한 달 동안 저는 끊임없이 부인과 함께 있었습니다. 부인의 식사와 취침 시간을 제외하고는 부인의 나긋나긋한 몸은 항상 제 위에 있었습니다. 왜냐하면, 부인은 그동안 서재에 줄곧 붙어 있으면서, 어떤 저작에 몰두하고 계셨기 때문입니다.

제가 얼마나 그녀를 사랑했는지 그것은 여기에 장황하게 말씀드릴 필요까지도 없을 것입니다. 그녀는 제가 처음 접한 일본인으로 더구나 매우 아름다운 육체의 소유자였습니다. 저는 거기에 처음으로 진정한 사랑을 느꼈습니다. 그것에 비하면 호텔

243

에서의 수많은 경험 같은 것은 결코 사랑이라고 부를 만한 것은 아닙니다. 그 증거로는 지금까지 한 번도 그런 것을 느끼지 않았는데 그 부인에 대해서만 저는 그냥 비밀의 애무를 즐기는 것만으로는 성에 차지 않고 어떻게 해서든지 제 존재를 알리려고 여러 가지 고심한 것으로도 명백하겠지요.

저는 가능하면 부인 쪽에서도 의자 안의 저를 의식해 주기 바랐습니다. 그리고 뻔뻔스러운 이야기입니다만, 저를 사랑해 주기를 원했던 것입니다. 하지만 그것을 어떻게 신호를 보낼까요? 만일 거기에 사람이 숨어 있다는 것을 노골적으로 알리면 그녀는 필시 놀란 나머지 남편이나 하인들에게 그 일을 말할 것이 틀림없습니다. 그러면 모든 것이 허사가 될 뿐만 아니라, 저는 무시무시한 죄명을 쓰고 법률상의 형벌도 받아야 합니다.

그래서 저는 적어도 부인에게 제 의자를 더할 나위 없이 아늑하게 느끼게 해서 그것에 애착을 일으키려고 노력했습니다. 예술가인 그녀는 필시 보통 사람 이상의 미묘한 감각을 지니고 있음에 틀림없습니다. 만약 그녀가 제 의자에 생명을 느껴 준다면, 단지 물질로서가 아니라 하나의 살아 있는 것으로서 애착을 느껴 준다면, 그것만으로도 저는 충분히 만족합니다.

저는 그녀가 제 위에 몸을 내던졌을 때는 가능한 한 사뿐히 다정하게 받도록 유의했습니다. 그녀가 제 위에서 피곤할 때는, 알지 못할 정도로, 살살 무릎을 움직여서, 그녀의 몸의 위치를

244

바꾸도록 했습니다. 그리고 그녀가 꾸벅꾸벅 앉아서 졸기 시작할 경우, 저는 아주 미약하게 무릎을 흔들어 요람의 역할을 다한 것입니다.

그 위로가 보답을 받은 것인지 그렇지 않으면 단지 제 마음의 미혹인지 요즘은 부인은 왠지 모르게 제 의자를 사랑하고 있는 듯이 생각됩니다. 그녀는 마치 갓난아이가 어머니의 품에 안길 때와 같은 또는 처녀가 애인의 포옹에 응할 때와 같은 달콤한 상냥함으로 제 의자에 몸을 깊숙이 묻힙니다. 그리고 제 무릎 위에서 몸을 움직이는 모습마저 아주 애정이 두터운 것처럼 보이는 것입니다.

이와 같이 제 정열은 나날이 격렬하게 타 올라갔습니다. 그리고 결국에는 아, 부인, 결국에는 분수도 모르는 당치 않은 소원을 품게 된 것입니다. 단 하루 제 연인의 얼굴을 보고 말을 나눌 수 있다면 그대로 죽어도 상관없다고도 저는 외곬으로만 깊이 생각한 것입니다.

부인, 부인께서는 물론 벌써 알아채고 계시겠지요. 바로 그 제 연인이라고 하는 분은 지나친 무례를 용서해 주십시오. 실은 부인인 것입니다. 부인의 부군께서 그 Y시의 고물상에서 제 의자를 매입하신 이후 저는 부인에게 이루어질 수 없는 사랑을 바치고 있던 불쌍한 남자입니다.

부인, 한평생의 소원입니다. 단 한 번만 저를 만나 주실 수는 없으십니까? 그리고 한 마디라도 이 불쌍하고 추한 남자에게 위로의 말씀을 해 주실 수는 없으십니까? 저는 결코 더 이상을 바라는 것은 아닙니다. 그런 것을 바라기에는 너무나 추하고 더럽기 그지없는 저입니다. 부디 참으로 불행한 남자의 간절한 소원을 들어주기 바랍니다.

　저는 어젯밤 이 편지를 쓰기 위해 저택을 빠져나갔습니다. 얼굴을 마주 대하고 부인께 이런 것을 부탁드리는 것은 대단히 위험하기도 하고 또한 저는 도저히 할 수 있는 일입니다.

　그리고 지금 부인께서 이 편지를 읽으실 때 저는 걱정 때문에 얼굴이 창백해져서 저택 주위를 서성이며 돌아다니고 있습니다.

　만약, 참으로 무례한 이 부탁을 들어주신다면 부디 서재 창에 있는 패랭이꽃 화분 위에 부인의 손수건을 걸어 주십시오. 그것을 신호로 해서 저는 아무렇지도 않은 한 방문자로서 저택 현관을 방문하겠지요.

　그리고 이 이상한 편지는 어떤 열렬한 기원의 말로 맺어져 있었다.

　요시코(佳子)는 편지의 절반쯤까지 읽었을 때, 이미 무서운 예감 때문에 새파랗게 질려 있었다.

그리고 무의식으로 일어나서 기분 나쁜 안락의자가 놓인 서재에서 도망쳐서 일본식 건물의 거실 쪽으로 와 있었다. 편지 뒷부분은 차라리 읽지 않고 찢어버릴까 하고 생각했지만 어쩐지 마음에 걸린 채로 거실의 작은 책상 위에서 여하튼 계속 읽었다.

그녀의 예감은 역시 들어맞았다.

이것은 정말 뭐라고 꼬집어 말할 수 없는 무시무시한 사실일까? 그녀가 매일 앉아 있던 바로 그 안락의자 안에는 본 적도 없는 한 남자가 들어있던 것일까?

요시코 "어, 기분 나빠."

그녀는 등에서 찬물을 끼얹어진 것 같은 오한을 느꼈다. 그리고 언제까지나 이상한 몸서리가 그치지 않았다.

그녀는 너무 엄청나서 멍해지고 이것을 어떻게 처리해야 할 것인가 전혀 감이 잡히지 않았다. 의자를 조사해본다(?) 왜 어째서 이런 기분 나쁜 일이 생기는 걸까? 거기에는 설령 이제 사람이 없어도 틀림없이 먹을 것 등의 그에 부속된 더러운 것이 아직 남아 있을 것이다.

하녀 "사모님, 편지가 왔습니다."

깜짝 놀라 돌아보자 그것은 하녀 한 명이 지금 배달된 것 같은 편지를 들고 온 것이었다.

요시코는 무의식적으로 그것을 받아 개봉하려고 했지만, 문득 그 편지 겉봉을 보자 그녀는 자기도 모르게 그 편지를 손에서 떨어뜨렸을 정도로 엄청난 놀라움에 충격을 받았다. 거기에는 아까의 기분 나쁜 편지와 똑같은 필체로 그녀의 주소와 성명이 쓰여 있던 것이다.

그녀는 오랫동안 편지의 개봉을 망설이고 있었다. 그러나 결국 마지막에는 봉을 찢고 흠칫흠칫하면서 읽어갔다. 편지는 극히 짧은 것이었지만, 거기에는 다시 한번 깜짝 놀라게 하는 기묘한 편지의 글귀가 적혀 있었다.

갑자기 편지를 드리는 무례를 거듭 용서해 주시기 바랍니다. 저는 평소 선생님의 작품을 애독하고 있는 사람입니다. 별봉으로 보내 드린 것은 제 졸렬한 창작입니다. 한 번 쭉 훑어보시고 나서 비평을 해 주시면, 더할 나위 없는 광영으로 여기겠습니다. 어떤 이유로 원고는 이 편지를 쓰기 전에 우체통에 넣었기에 이미 다 읽으셨으리라 추찰됩니다. 어떠십니까? 만일 졸작이 조금이라도 선생님께 감명을 줄 수 있었다고 하면 더할 나위 없이 기쁩니다만.

　원고에는 일부러 생략해 두었습니다만, 제목은 「인간의자」라
고 붙일 생각입니다. 그럼 결례를 용서하시고, 우선 부탁 말씀을
올립니다. 총총.

■ 역자 소개

• 이성규(李成圭)

(현)인하대학교 교수, 한국일본학회 고문

(전)KBS 일본어 강좌 「やさしい日本語」 진행, (전)한국일본학회 회장

한국외국어대학교 일본어과 졸업

일본 쓰쿠바(筑波)대학 대학원 문예·언어연구과(일본어학) 수학

언어학박사(言語学博士)

전공 : 일본어학(일본어문법·일본어경어·일본어교육)

저서 :

『도쿄일본어』(1-5), 『현대일본어연구』(1-2)〈共著〉, 『仁荷日本語』(1-2)〈共著〉, 『홍익나가누마 일본어』(1-3)〈共著〉, 『홍익일본어독해』(1-2)〈共著〉, 『도쿄겐바 일본어』(1-2), 『現代日本語敬語の研究』〈共著〉, 『日本語表現文法研究』 1, 『클릭 일본어 속으로』〈共著〉, 『実用日本語』 1〈共著〉, 『日本語 受動文 研究의 展開』 1, 『도쿄실용일본어』〈共著〉, 『도쿄 비즈니스 일본어』 1, 『日本語受動文の研究』, 『日本語 語彙論 구축을 위하여』, 『일본어 어휘』 I, 『日本語受動文 用例研究』(I-Ⅲ), 『일본어 조동사 연구』(I-Ⅲ)〈共著〉, 『일본어 문법연구 서설』, 『현대일본어 경어의 제문제』〈共著〉, 『현대일본어 문법연구』(I-Ⅳ)〈共著〉, 『일본어 의뢰표현 I』, 『신판 생활일본어』, 『신판 비즈니스일본어』(1-2), 『개정판 현대일본어 문법연구』(I-Ⅱ), 『일본어 구어역 마가복음의 언어학적 분석(I-Ⅳ)』, 『일본어 구어역 요한복음의 언어학적 분석(I-Ⅳ)』, 『일본어 구어역 요한묵시록의 언어학적 분석(I-Ⅲ)』

역서 :

『은하철도의 밤(銀河鉄道の夜)』(미야자와 겐지)〈공역〉, 『인생론 노트(人生論ノート)』(미키 기요시)〈공역〉, 『두 번째 입맞춤(第二の接吻)』(기쿠치 간)〈공역〉

수상 :

최우수교육상(인하대학교, 2003)

연구상(인하대학교, 2004, 2008)

서송한일학술상(서송한일학술상 운영위원회, 2008)

번역가상(사단법인 한국번역가협회, 2017)

학술연구상(인하대학교, 2018)

• 오현영(吳晛榮)

계명대학교 일어일문학과 졸업
일본 쓰쿠바(筑波)대학 대학원 문예·언어연구과(응용언어학) 수학
언어학박사(言語学博士)
(현) 연세대학교 학부대학 강사
전공 : 일본어학(일본어담화론·일본어교육·일본어통번역)
저서 : 『韓国人日本語学習者の初対面接触場面における自己開示の研究』(2022)
역서 : 두 번째 입맞춤(第二の接吻)』(기쿠치 간)〈공역〉(2022)
논문 : 「한국인 일본어학습자와 일본어 모어화자의 자기개시의 남녀차 -회화
　　　데이터 분석으로부터-」일본어교육연구 Vol.99 (2022)
　　　「初対面会話における沈黙の男女差について」한국일본언어문화학회
　　　Voo.56 (2021)
　　　「初対面会話における沈黙について─ 韓国人日本語学習者と日本語母語話
　　　者の会話データを中心に─」한국일어일문학회 Vol. 117(2021)
　　　「自己開示と共起する「笑い」について─ 韓国人日本語学習者と日本語母語
　　　話者の自然会話を対象に ─」한국일본어문학회 Vol.87(2020)
　　　이외 다수.

초판인쇄	2022년 9월 22일
초판발행	2022년 9월 27일
옮긴이	이성규·오현영
발행인	권호순
발행처	시간의물레
주소	경기도 파주시 숲속노을로 150, 708-701
전화	031-945-3867
팩스	031-945-3868
전자우편	timeofr@naver.com
홈페이지	http://www.mulretime.com
블로그	http://blog.naver.com/mulretime
ISBN	978-89-6511-403-1(03830)
정가	13,500원

* 잘못된 책은 바꾸어 드립니다.